彭兆荣 —— 著

小事大理

上海社会科学院出版社

本书的出版得到卓先基金会的大力支持

前　言

　　"人"是什么？从**生物**的角度看，是动物中的一类，所以称为"人类"。人类与其他动物，尤其是哺乳动物一样，都表现出动物的生物形态。所谓"宇宙的精华，万物的灵长"，是事实，却有问题。作为动物的人类，最要紧的事务是温饱，然后才有上层建筑的事情。

　　"人"是什么？从**生命**的角度看，是一种存在故事。人的生命存在故事被描述成多种多样，有神话中的"神人"同构，有不同朝代的帝王故事，有"特殊材料制成的"英雄传说。但最朴实、朴素的还是那些小人物的生命赞歌，也是最打动人的故事。

　　"人"是什么？是**生活**中一个个的生命体。他们首先是个体，然后才是群体；首先是具体，然后才有抽象。群体由个体构成，抽象来自具体。无论我们要讲什么样的"真善美"，无论我们要做什么样的"高大上"，都要从一桩桩小事做起。这是生活的真谛。

"三生"(生物、生命、生活)是人的汇集。只是在生活中,人们经常看到、听到、遇到那些被架空了三生的"人"的面目和面具,以及形式主义下的各种虚伪和虚假。那些大写的"人",其实都只是人的后续和延续、衍义和广义,却都不能真正替代活生生的人。

记得年轻的时候,大致是在20世纪70年代后期,我遇到这样的一件事情:有一天到百货商店买东西,一个年轻的女售货员在柜台内织毛衣。她的背后有一面墙,墙上有红底金色的大字:"为人民服务"。我指着货柜里的商品让她拿出来看一看,她不理我,继续织毛衣。我又说了一遍,她还是不理我。我说:"看你这工作态度,你对照一下你后面的'为人民服务'!"她用眼睛瞟了我一眼:"我为人民服务,又不是为你服务。"我生气,却拿她没办法,只好悻悻离去。走到大门口,我看到另一位顾客也得到几乎同样的待遇。

此事过去了几十年,我却一直耿耿于怀。小气吗?不是。小器吗?也不是。这件事情我之所以沉淀在心里,是因为具体的人经常被抽象的"人民"所绑架。那位女售货员不为"张三李四"服务,正是被她背后的五个大字绑架了——而且还理直气壮。

人首先是个体,个体的事情也都是小事;可是,正是那些生活中的小事,才构成了人世间的大理。我们当然明白"小我服从大我"的道理,更明白"个人服从组织"的原理。可是,我们不能容忍"大我"成为绑架"小我"的借口,也不接受"组织"成为某些人用于满足个人欲望扛出来吓人的"大旗"。

生活中的小事，说到底都是国家大事。所谓"国家"原就是"家国"，这是中华民族的伟大智慧——家国天下。"国"由"家"构成，"家"是"人"的依靠。没有小家就没有大家，这道理很简单。人类学家接触到的事务大多是生活小事，却也蕴含人生大理。

所谓"小事大理"大体有以下几种面向：

生物的小事，生存的公理。我们每天一早起床，推开窗户，立即就可以感受到生命的活力：鸟儿在窗台上啼鸣，猫狗在园子里嬉闹……这一幅幅画面构成了生命的颂歌，也是生物多样性的体现。每一个（种）生命个体的存在都富有朝气，但每一个（种）生命个体却非常渺小。只有它们共同上演生存的剧目，世界才显得丰富多彩。生存是生物的公理。

生命的小事，共生的道理。物种的存在形式是生命，所有生命都是有限与无限的交织和交融。在生生不息、生机勃勃的生命背后，时刻都有无数生命个体在死去，又有无数生命个体在诞生。生命是代际的、传承的，这是生命共同体的本义。我们要珍惜生命，尊重生命，热爱自然，保护地球家园。这不是宣传口号，是残酷的现实——世界已经拉响了生态危机、生物多样性危机的警报。

生活的小事，现实的义理。对于绝大多数人而言，人的一生所遇到的都是小事、琐事。天天的上下班，日日的三餐饭，喜怒悲哀，养儿育女，生老病死。每一个都脱不了，也逃不过。这就是人生，也才是生活。任何伟大的道理都在其中，也都是为了这些。从这个意义上说，不体会生活中的小事，不可能理解人世间的道理。

日常的小事，文化的哲理。每个人都生活在特定的文明之中，带着特殊的文化烙印。比如中国人在什么地方生长就讲什么地方话，哪怕讲普通话也都还要带着那个地方的口音和腔调。文化就像一个套子，无形之中把人们日常的言行、观念框在其中，可以非常地落实和落地。

连带的小事，关系的情理。生物、生命、生活中的事情无不呈现和体现于各种关系之中：与生态形貌的关系，与生命形式的关系，与生活形态的关系。所以，无论人们使用什么概念，都在陈述关系。那些所谓的"普世价值""经世哲理"，都是从小事中总结出来、提升出来的，是关系的结晶。

历史的小事，记忆的原理。我们所说的小事都伴随着人的生命过程，人的生命过程都有特定的历史语境。唐朝人穿的是唐装，今天的人穿唐装就只能是模仿，是表演，是回顾，是记忆。人活于世，生命有限，可是世代延续却生生不息。从生理上说，"基因"把每一个语境中的"断代"串联起来；同样，记忆把历史的小事贯穿起来，成为一种特殊的记忆遗产。我们也就这样把历史岁月"挂念"在了一起，历史成了我们每一个人自己的记事。

他者的小事，借鉴的法理。人们都有自己的归属，无论是时间上的"朝代"，还是空间上的"地方"，现在还有一个重要的政治归属——民族国家。这也是当代世界的"法理"，"我者—他者"的界线因此凸显。世界上的纷争事件、紧张局势可以说基本上都是"国家归属"在作祟。国家政治僵硬的领土边界与"他者"灵活的文化边界在全球化舞台上联袂，使得许多事情都显得"合理而悖论"。

人类学，依照我的理解，原本就是一门专事观察、体验、研究小事的大学问。它教会你"在日常中发现非常，在平凡中发现非凡"。而且，每一次发现都让你欣喜，因为你发现了背后的道理，你收获了，体验了，明白了。那就是我们的生活，那些小事大理可以帮助我们走得更远，做得更好，收获更多。人类学就是这样一门学问，既是"大学"也是"小学"。它不是我们平日里所说的学堂和训诂，而是从小处入手，大处入理，更重要的是"知行合一"。

《小事大理》中的故事无不在上述罗列之中。它们是我们的小事，也是你们的小事；是现在的小事，也是过去的小事；是这里的小事，也是那里的小事。重要的是，这些形形色色、方方面面、点点滴滴的小事情，都蕴藏着伟大的道理，生命的哲理。

或许我们习惯了"说大话"，或许我们习惯了"做大事"，或许我们习惯了以"大业"论英雄，而忽略了、忘记了"大话—大事—大业"的高楼是如何建筑起来的。那不都是由一粒粒的沙、一滴滴的水合成的吗？

"每一滴露珠都透射出太阳的光芒"，让我们为小人物、小事情喝彩！

目 录

前言 / i

日常中的非常

戒指与项链 / 003
"嘉年华"有无肉味？ / 010
酒不醉人人自醉 / 018
这是不是文化殖民？ / 025
AA制疑似断绝关系 / 033
教育与天性 / 040
学会礼貌与人交道 / 052
"智能"可把老人变得"呆傻" / 064

生物中的文化

进化中的退化 / 077

"湿地命题"怎么解？ / 092

人类需要自我救赎 / 102

你死我活：食物链与猪的故事 / 109

狗肉能不能吃？ / 116

为老鼠鸣不平 / 125

动物生命的人类镜像 / 135

行动：人类身体的演化奇迹 / 146

文化中的文法

接力、反哺与隔代 / 157

"养老"的社会纠结 / 164

"吃了没？"：礼藏于食 / 173

送礼与收礼的道理 / 177

闽商的文化人格 / 187

"我"在"他"中 / 198

科技发明也可以伤害 / 212

历史中的故事

"天下"何谓"西方" / 223

从"运河"到"走运" / 232

古往今来说"古" / 240

瞎子怎么书写历史篇章? / 250

"名录"如此保护文化遗产 / 259

书院:中式教育的历史遗产 / 270

"红毛番"的历史掌故 / 277

后记 / 285

日常中的非常

戒指与项链

戒指与项链不是中国的产物。现在的中国人，特别是年轻人在举行婚礼的时候，新娘子有戴戒指、挂项链的"新民俗"。戒指和项链成了婚礼的见证，此外有时还有手镯、手链等。这些结婚饰品也越做越好，戴在新娘子身上，挺美！

戒指与项链（作者摄）

从"知识考古"来看，虽然戒指和项链都不是本土的，但结婚时新娘子要有各种饰品却是世界性的习俗，是礼仪的需要。我国古代女子出嫁时也有自己的饰品，但由于历史的变迁，朝代的改变，等级的悬殊，地域的差别，以及族群的多样等因素，传统的婚姻饰品也逐渐出现较多的差异性。

汉族传统中较有代表性的婚嫁饰品主要有以下四种：（1）玉

器饰品。玉器大多是祖传的，一般为双方家族在认可的情况下（经常是婆婆给未过门的儿媳妇祖传的玉镯）的传承性**财产**。（2）女子头簪。簪子是古代女子生活中用来簪发的饰物，开始人们把它叫作"笄"，后来叫"簪"，女子往往需要佩戴簪子参加重大的人生仪式，"簪子"也一般为传统女性在婚礼中的重要**见证物**。（3）香囊绣物。古代女子经常会在腰间佩戴香囊，她们通常会选择一些比较适合自己的香味，走起路来带着阵阵清香。此外香囊还有一个特别的意思——女子的**定情物**，有些少数民族有扔（给）香包定情的习俗。（4）长命锁。古代有些地方在婚礼时会佩挂长命锁，长命锁也叫寄名锁，其寓意是辟邪除灾，锁住生命，通常要随身佩戴，新郎新娘都可以戴，属于**随身物**。

总之，我国传统婚礼中没有戒指和项链，它们是属于西方的东西，但大多数西方人或许也不太了解它们的起源。这故事有点"粗野"。意大利学者维柯在《新科学》中娓娓道来：

> 天后朱诺（即罗马神话中的天帝约夫，又名朱庇特的妻子，在希腊神话是宙斯的妻子赫拉——笔者注）有"负轭者"（jugalis）的称号，指的是受到隆重婚礼的约束（轭）。婚姻叫作conjugium（共轭，成亲）。天后的天性是妒忌，人们认为天后的妒忌是因为她有一位好色的丈夫。天后的形象就是悬在空中，一根绳子捆住脖子，另一根绳子捆住双手，两块大石头捆在脚上。那种形象和神话故事实际上是指婚姻的神圣义务。天后颈项上围着长绳，意在追忆最初巨人们拖

着女人作妻子的暴行,到后来所有民族中都改用了较文明的象征,即结婚戒指与项链。

在该书中,维柯不止一次提到在巨人时代(野蛮时代),男人用绳子把女人捆绑起来扛进山洞强迫成妻的故事。

维柯的故事不是胡编,确有历史依据。有西方学者将旷日持久的特洛伊战争归结为"诱拐海伦"。据说真正的历史故事是斯巴达人和萨摩斯人之间远古时代的一种婚俗仪式,"阿伽门农的愤怒"只不过是遗留下来的仪式的一个部分,"诱拐海伦"其实是人类原始时代掠抢婚的一种变形,也成了"倾城倾国"的故事原型。

在古希腊和古罗马的文明形态里,这种掠抢婚仍有大量的历史遗存。《伊利亚特》中最为惊心动魄的情节,正是因为对抢夺来的女俘虏分配不均,致使阿喀琉斯愤怒并拒绝出战,导致他的好友死亡。

人类学对婚姻史的研究告诉我们,类似的历史不只发生在古罗马。远古时代没有婚姻律法,更没有"一夫一妻"制。即使在中国,"一夫一妻"的婚姻法规无论是官方还是民间,大抵只有100年的历史。1911年以前的清王朝末代皇帝就不止一个女人。古代民间不是有"后宫三千"的说法吗?虽然"三千"(即后宫有3 000个妃子)只是个虚数。从先秦开始,对于妃子的人数、礼仪、待遇和职责等都有明确的规定。按照《周礼》的说法,"天子后立六宫、三夫人、九嫔、二十七世妇、八十一御妻,以听天下之内治"。

这还只是封建时代,那更早呢?我就不费笔墨来普及婚姻史了。反正人类历史上曾有"掠抢婚"时代，说得通俗一些：抢女人。那个时代人类社会所遵循的原则大致是把"动物世界"搬到人类社会的舞台上。

中国的"婚"，不少文字专家、小学专家、训诂学家对这个字做过考据，有的说指在黄昏的时候举行婚礼。我胡乱大胆地猜测一下：婚（昏、女）其实就是在天黑的时候（黄昏）抢女人。

这个说法有遭雷劈的危险，可是，那字明明白白就那么拆解的，维柯不也从意大利找到了相同的"证据"吗？

掠抢婚，简称抢婚，属于原始社会的一种婚俗，即男子通过掠夺其他部落妇女的方式来缔结婚姻。许多民族、族群中都有掠抢婚（劫夺婚、抢劫婚）的遗存或变异，女子是男子的所有物，也常成为部落与部落发生斗争时的掠夺对象。典型的例证见《周易·屯》爻辞："屯如邅如，乘马班如，匪寇婚媾……乘马班如，泣血涟如。"说的是一支似寇非寇的马队抢来不从的女子，被抢女子拼命呼喊，泪目汪汪，血泪斑斑。

其实，我国古代的"妻""娶"在文字上也留下了掠抢婚的痕迹。这两个字的甲骨文如下：

甲骨文：妻　娶

这"妻""娶"就有捆绑女人的明显痕迹，公认的理由就是远古时代抢劫女子成亲生育，后引申为男子配偶、老婆。今天在许多民族和族群中仍然可以发现这种婚姻模式的大量遗迹，比如婚礼中的"抢亲""背新娘"仪式，但都转化为喜庆的程序。有的少数民族在婚礼时还配备器物，比如刀、棍等，虽然这些物什都已成了摆设符号，为营造喜庆氛围之需，但那"文化遗产"的本义和意图却是很清楚的。

对于人类历史上曾经出现过的掠抢婚，诸如因何发生，何时出现，历时时长等问题，学术界有不同的看法。

不过，在原始时代，人类与其他生物特别是哺乳动物有许多相似之处，其中一个重要点就是充分发挥生物优势。男人抢女人就是发挥雄性优势。看看狮子王国，雄狮无论如何斗狠，鲜血淋漓，那雌狮总是"趴"在那儿"我自岿然不动"，偶尔睁开惺忪的睡眼，叨叨着"还没打完啊"，又回笼去了。反正"爱谁是谁"，我们总归是属于某一个"狮王"的，我们注定是他的嫔妃。

当然，历史似乎也不总是上演雄性英武的剧目，有时也隐约出现过"母系社会"的历史身影，往往是雌性彰扬"生孩子"的优势。比如《西游记》中就有"女儿国"。繁衍是人类最重要的事务，没有繁衍就没有传承。可是在很长的历史时期里，男人并不知道自己在"生孩子"的工程中也做出了重要"贡献"，很羡慕女人会"生孩子"。所以历史上"产翁"（男人生孩子）习俗也曾经普遍地存在。"产翁"其实就是男子模仿妇女生育，抚育婴儿，强调男人也会生孩子！

既然生育权是传宗接代的最大权力和权利,所以在很长的历史时期,女人索性就将其"独占"了,"单性繁殖"也有了历史的传说。《史记·殷本纪》就说商朝的始祖契是因为他的母亲"履大人迹有感而生",就是踩上了一个大人的脚印后就怀孕了。甚至女人吹风、洗澡就怀孕的传说故事也不少。反正,与男人无关就对了。

无论如何,人家"女儿国"里没有男人,也就没有什么欺负的问题。可是"掠抢婚"分明是男人抢女人,分明是在欺负人家女性吧。这道理走到哪儿都说不赢。更何况,人家女性是何等的贤淑,何等的大方,何等的高风亮节,人家把你们这些坏男人捆绑女性的"罪证"(绳子、石头)变成了今天男人们的"赎罪物":戒指和项链——那捆脖子的绳子成了项链,捆双手的就成了戒指和手镯。

由于男人理亏,气短,就补偿呗,那还有什么办法?这不就是婚姻——过去男人抢女人,现在男人还女人戒指和项链的"因缘"吗?!

女性的本事是"以柔克刚"。似乎因为男人总是欠女人的,所以他们总要一代代地来"赎罪"。更重要的原因是女性的智慧——温柔、体贴地收拾你:"给我买戒指和项链。"

这真是女性最了不起的地方。我不把那"绳子""伤痕"当成证物上法庭,那是愚蠢的作为。在父权社会,连天下都是男人的,那法庭还不都是男人说了算。我那官司能打赢吗?别自找没趣。换一种办法,把你们这些男人的罪证转变成美德的象征,转变成偿还的财物，这种应对策略属于水智慧:"上善若水——女人是水做的"，这两句居然就这样串连在了一起。男人要是省悟过来，一定会捶胸顿足。可那逻辑还是通的。

我忽然就想起了美国著名作家霍桑的小说《红字》。小说描述了少妇海丝特·白兰犯通奸罪，但她拒绝说出她的情人是谁，于是加尔文教就惩罚她带着红色"A"（Adultery——"通奸"）字示众，并逼迫她一直挂着。在这种最具侮辱性的惩罚形式中，女主角海丝特却以她的善良、包容、贤惠，以及她在生活中的许多善行逐渐赢得人们的尊敬。最后那"红字"反而成了"美德"的符号。

女性，了不起！

你娶我，我拿你！

我还想起了郭冬临2005年的小品《男子汉大丈夫》中"跪搓衣板"的情节。"女"字在甲骨文中是跪着的形象，现在让男人下跪"还债"。这很公平！

男人们看了我的这些文字可能要骂我，你还是man吗？

是的，我是，我是那讲理的man。

女的"跪"相

戒指与项链　　009

"嘉年华"有无肉味？

每年的二月中旬到三月上旬这段时间，在欧美的许多城市都会举行名称统一却形态怪异的节庆——狂欢节。狂欢节名为Carnival，是欧洲的一个传统节日，带有一些原始宗教色彩的禁忌。Carna作为词源是"肉的"，Carnavals原来的意思是"禁肉"。

狂欢节据说源于《圣经》里的一个故事：有一个魔鬼把耶稣困在旷野里，40天内没给他吃东西。耶稣虽然饥饿，却不受魔鬼的诱惑。为了纪念耶稣的荒野禁食，信徒们就把每年复活节前的40天时间作为斋戒和忏悔的日子。在这段时间里，人们不能食肉和娱乐，生活肃穆沉闷，所以在斋期开始前的一周或半周内，人们会专门举行宴会、舞会、游行，纵情欢乐。

刚一听这样"故事"的人们可能要摇头，哪里有这么不恭敬的；也没听说耶稣在禁食之前搞了一个狂欢活动啊。所以，这个传说一听就是瞎编的，不过找个借口取乐，而且编造的理由太粗糙。你看吧，节日的理由是：我们要开始"禁肉"了，因为要开始过苦日子了,所以要作乐一番。人家耶稣会这样吗?耶稣是这样吗?那也太亵渎了吧。

可是那些欧洲人压根就不在乎"节日理由",只要找一个充数,反正都是"借口"。欧洲人很会玩,他们干脆把Carnival改造成了狂欢节,"禁肉"却是坚决不肯的。即便是在斋节期间,肉还是不能少的。反正狂欢节要high,肉还要照吃。

按照我的研究,狂欢节的历史线索比现在的传说长远得多。它的原型来自古埃及,与农事特别是酒神有关。后来传到古希腊、古罗马,成了以葡萄节为契机的农神节庆活动。节日有一个重要的生理与心理原因:醉境——宣泄。

我在《文学与仪式——酒神及其祭祀仪式的发生学原理》一书中引用希罗多德在《历史》中的考释:

> 埃及人的狄奥尼索斯的这个祭日的庆祝几乎和希腊人的狄奥尼索斯的祭日完全相同,所不同的只是埃及人没有伴以合唱的舞蹈。他们发明了另外一种东西来代替男性生殖器,是大约有一佩斯高的人像,这个人像在小绳的操纵下可以活动,它给妇女们带着到各个村庄去转。这些人像的男性生殖器,和人像本身差不多大小,也会动。一个吹笛的人走在前面,妇女们在后面跟着,嘴里唱着狄奥尼索斯的赞美诗。至于为什么人像的生殖器部分那样大,为什么又只有那一部分动,他们是有宗教上的理由的。

西方的宗教节日史专家曾经对酒神祭庆典有这样的描述：古代神跟人一样，不但需要饮馔，而且需要声色。因此，在崇拜仪式中除了让神醉饱以外，还要为他举行蔚为壮丽的盛大游行，表演各式各样的戏曲游艺和运动项目。

参加酒神节的多半是妇女（酒神女巫），她们身披斑彩兽皮，头戴青藤花冠，手持酒神锡杖，翩翩起舞，敲锣打鼓，开怀畅饮，沉浸在一片狂欢之中，竟至极度兴奋，放荡不羁。

由于农业丰收以及葡萄酒对人民生计的重要性，酒神狄奥尼索斯成为最重要的神，占据了古希腊神话体系——奥林匹亚山巅上十二大主神之一的位置。酒神崇拜的其中一层意义就是对情欲放纵于某一个特定时段、氛围的认可。在语言中留下的"orgy""orgie"，既表示古希腊和古罗马祭酒神的宗教仪式，也表示狂欢、纵欲和无节制的节日庆典。

从历史上考察，希腊人在奉祀酒神时，是带着崇拜物——男性生殖器游行的。这有点像汉语中的"祖"，按照训诂学家，比如郭沫若的观点，"祖"就是崇拜男人生殖器的意思，左边的"示"是祭拜，右边的"且"是男根。由此我认为中国文化中两个字最为重要：祖—社（天父—地母、男人—女人）。

作为酒神形象和符号系统，除狄奥尼索斯之外，还有代表着动物的塞勒尼斯（马人）、萨提尔和潘恩（羊人）。它们要么是酒神的信徒，要么直接为酒神的异形和变形，要么是酒神幼年时的老师和玩伴，都代表着自然的"生命力"和"生殖力"。现存于希腊国家博物馆内价值连城的精美古铜制品"马人塞勒尼斯"，他手舞足蹈，阴茎粗大冲天，自娱自乐，所表现的正是"动物人类"这一基本主题。

潘恩与狄奥尼索斯也有许多共通之处，是与酒、性和欲望联系在一起的。他的形象不雅，顶着山羊角，蓄着山羊须，蹬着山羊蹄，所代表的也是人类的自然本性——动物性。

笔者在欧洲留学与访学期间，曾流连于博物馆的艺术品展区，深切感受到：但凡与狄奥尼索斯有关的神、半人半兽、女祭司、信徒，其形象无一不快乐。它们是各类摆设中挥洒轻松格调的特别物什，有些让人忍俊不禁，这在希腊国家博物馆、雅典卫城博物馆、德尔菲考古博物馆、巴黎奥赛博物馆以及卢浮宫等等皆然。比如，希腊国家博物馆里的浮雕"潘恩与宁芙"，酒神侍从潘恩在森林中与仙女们饮酒调情，憨态可掬。大理石雕塑"萨提尔与美神"，丑陋羊人萨提尔调戏美神阿芙罗狄忒，美神右手持其左拖鞋准备掌他，小爱神抓着萨提尔的羊角戏耍。

因此，狂欢节是双关的：食肉与食色。"食色性也"，这才是

塞勒尼斯（马人），酒神的守护者和老师，图为希腊国家博物馆所藏青铜塑像（作者摄）

狂欢节深层的内涵。

狂欢节虽然与复活节前的斋期有关，但实际上在欧洲和南美洲地区举行狂欢节的日期和持续时间都不相同，一般来说大部分国家都在2月中下旬举行庆祝活动。在德国，从每年11月11日11时起狂欢节就算开始了，一直到第二年复活节前40天为止，前后要持续两三个月。但它的高潮是在最后一个星期，特别是这周的星期日、星期一和星期二。各国的狂欢节也各有特色，但有一点是相同的，就是毫无节制的纵酒饮乐。

"萨提尔与美神"大理石雕像，希腊国家博物馆藏（作者摄）

那是什么？酒神节的遗风。

从人类学的角度看，"人"首先是动物，只有满足了动物性之后，才有"余力"搞上层建筑。但是，人生理欲望的狂野性却受到强大的社会伦理、宗教教义等的压制。平衡的机制就是"宣泄"。弗洛伊德这位心理医生是这样告诉我们的：它类似于所谓的"水库效应"，水满了就要排泄，不排泄就压抑，人就要得病，病了就要把压抑通过"梦"排泄出来。治疗方式就是对他的"梦"进行疏导。这就是《梦的解析》。总之，只要是人，就一定有**压抑—宣泄**的正常情绪。动物有"发情期"，人类没有"发情期"——不是没有,而是被遮蔽了。或者反过来说,不受季节和时间的限制,但集体需要通过类似狂欢节这样的仪式来宣泄压抑。

宣泄不只是生理的放纵,在狂欢节期间,更是对伦理的抵制和漠视。职位的高低,年龄的代沟,种族的差异,性别的区分……全都放下,只有一个大家都一样的"人",没有别的。大街上人们可以在你脸上、身上喷涂各种颜料,可以与你开玩笑,人们不知道你是谁,也不管你是谁,只知道你是"人"。当然,人们还是经常喜欢戴着面具。"面具"也是狂欢节的重要"道具"。

如果有人在那个时候还要人家仰视你,那你最好在家待着,因为那个时候没人理会你。或许冷不丁就有人在你脸上亲一口,女孩子请别动气,在那种场合,似乎没有什么调戏之说。你要是不乐意,就赶快回家。当然,你也可还以同样的行为举止,人家会给你一个友善的微笑。

狂欢节其实就是"宣泄节"。从节日的起源考察,据说最早可以追溯到1294年威尼斯的一种民间狂欢活动,后来逐渐成为欧美乃至世界许多地方都广为盛行的节日。这种节日其实是"禁肉节"(宗教理由)、"酒神节"(生产节庆)和"狂欢节"(民间活动)糅合的产物。

我相信,狂欢节一定会长久地保留下去,因为人类需要它。它蕴含着人类复杂多样的心理需求和历史缘由,并不能仅仅追溯为某一个神话、故事、传说的"单一"原因。它以最为怪诞、变形和奇异的身体表达，反抗世俗的等级伦理，将被压抑和压迫的情绪通过狂欢的方式解放和释放出来，以获得一种特殊的"赋权"，哪怕是奴隶也有暂时获得"平等"的权利。例如，法国殖民者在加勒比搞狂欢节的时候，奴隶也可以有自己的化装舞会，在那里他们会互换角色来嘲笑那些社会地位更高的人。

中国没有"狂欢节"，这与中国传统文化有关。虽然在汉族民间的个别地方，在少数民族的一些节庆中包含着狂欢的意味，但都不是真正意义上的"狂欢节"。我认为有三方面文化因素阻碍了狂欢节在中国的出现：（1）中国传统文化对生理和身体宣泄往往带有私密性；（2）中国历史上社会等级的不可逾越性；（3）中国人的表达不习惯于"出格"，而习惯于"含蓄"。但或许也正是这些原因，中国才更需要狂欢节。

不过，中国文化有自己特别的本事，可以把西方的"carnival"变成中国的"嘉年华"——大型商品展销会。在这方面，粤文化值得称道。粤文化与西方文化交流、交集有三大特点："早"（粤港澳是我国与西方接触较早的地区）；"俗"（粤文化与西方文化交流并非借以国家渠道，而主要以民间交流为主）；"商"（粤文化与西方文化交流表现为以商为主、以农为辅的特点）。这些特点使得粤文化不仅表现出文化上的自成一体，而且也表现出与西方交流上的自为一范。

据说"嘉年华"是香港人对"carnival"的音译，并在香港使狂欢节本土化。这个说法是否准确我无法判断。我的解释是：

"carnival"由粤语"嘎尼哇",转变成汉语"嘉年华"——先把西语转成粤语(声音),再定型成寓于美意的中文(文字)——不仅音像,而且具有审美性,还能赚钱。充满了粤文化的智慧。真了不起!

酒不醉人人自醉

说完了酒神与狂欢,少不了说说生活中的酒事。

世上有两桩事说不清:情与醉。因为说不清又必须有,所以成为永恒。那电影、电视、神话、小说、故事,没有情爱怎么写、怎么编、怎么演、怎么读?世上的经典,无情无爱,不能经传,更不能久存。因为人类是情种。

情就不说了,说了也自讨没趣。因为每个人都对情有自己的理解、体验、经历、经验。

说不了情,那就说酒。虽然酒也说不清,但不犯忌,不越界。

我研究过酒,早年围绕着"酒文化"写了一些文章。说来也巧,2020年,我到贵州茅台酒厂参观,不想那酒厂的宣传部部长竟是我的粉丝,而且是老粉丝。他告诉我,当年我的酒文化研究对他影响很大。也不知道人家是不是喝醉了酒说的。

在贵州,不研究酒总像缺了什么。贵州历来就是一隅偏僻地,却是出国酒的地方。这理悖,又不悖。想来那些都城、王城是出不了国酒的,国酒要靠进贡。中国第一部地理书《禹贡》里就有关于贡赋等级的内容。自古以来,这东西南北都得往"中邦"送贡品。所以,现在的许多地方,只要有什么好的特产,都说是古代的"贡品"——皇帝吃的,皇帝用的。

贵州最好的,最有名的,想来就是茅台酒了。有好酒的地方,人是豪爽的。不过,再好的酒对我来说也不搭界,我不善、不擅、不尚。所以,在贵州做田野调查,最难的是喝酒——对我来说。有的时候,不喝酒甚至连寨子都进不了,人家那叫"进寨酒"。记得黔东南的朗德寨,一个苗族的村寨——我带着美国老师去,没有人能够躲过那一关。

美国老师喝进寨酒(作者摄)

我在贵州乃至我国西南地区几十年的田野调查,这样的事情总是免不了的。少数民族热情、豪放,一喝酒,那感情就近了。记得有一次,我陪送瑶族的寨老到山上放牛(农闲季节),在山上待了几天,记忆中只拎着三样东西:米、酒、烟。几天下来,我与寨老成了好朋友,他就把寨子里的事情都告诉了我。

喝酒是少数民族确定交情、联络感情的媒介。唱歌、喝酒，有时还要交杯。通常的情况下，烟也是要的。贵州的烟也好，当年在贵州的时候，民间就流传"一云二贵三中华"，说的是烟。在贵州做调查，当地人常说"烟酒不分家"。其实，整个西南地区大都如此，去广西、云南做田野调查也避不过——喝酒抽烟！

酒歌交杯全是情（李哲摄）

点烟点得心欢喜（汤晓青摄）

说起来连自己都一头雾水,我不尚酒,甚至不会酒,却从研究生阶段就开始研究酒。解释不了就自我宽慰"研究酒不一定要能喝酒嚜"——这句话是搪塞;但"能酒者未必能研究酒"——这句话却是真的。

酒在中国传统文化中有多方面的表现,我列举一些重要方面。

有酒有福。酒在文字上与"酉"共像,指一种特殊的物器,用于祭祀祈福。古代"福"字的最初取象就来自"酒"。"酉"的金文符像就是一个酒壳;"畐"(壳、壶、福)就是"充满"的意思。古字"福"与"畐"相通,表达祈福美满。所以,"酒"也就有了圆满充足的意思。我们平常在表达惬意的时候,最通常的表达是"酒足饭饱"。《淮南子·天文训》有:"酉者,饱也。"意思是丰盈富足,也就是酒足饭饱。可以说中国人在"酒"里放了很多"福",喝了就有"福"了。

有酒有礼(禮)。说完了"酒足饭饱",再讲点"礼(禮)"。中国古代有"无酒不成礼"之说,故酒是祭神享祖、礼仪交往、宴会宾客等活动的必备之物,盛酒、喝酒的器皿也就成了礼器,主要有:卣(yǒu)、尊、觥、盉(hé)、罍(léi)、瓿(bù)、彝、爵、觚(gū)、角、斛、斝(jiǎ)、杯、壶等。训诂学家认为,"礼"原就与饮食、饮酒有些关系。《广韵·有韵》:"酉,老也。"《史记·律书》:"酉者,万物之老也。""尊"字从酉,就是双手捧酒尊形,表示捧酒向上奉献。"尊"就是古代酒器之名。中国古代最重要的礼器中不少与"酒"有关,比如"爵"。所以说中国人在"酒"里还加了很多的"尊敬",酒与"尊老"有关。

有酒有**神**。说完了"尊礼敬老",再说点"神"。酒通"酋"。《礼记·月令·仲冬之月》:"乃命大酋。"注曰:"酒熟曰酋。大酋者,酒之长也。"远古的时候,首领、部落首长都称为"酋",也就是我们所说的"酋长"。古代的酋长经常能"巫",主要是指能够与天沟通的人,所谓"王—巫"。与天神沟通少不了酒,原来神也要喝酒,没有酒不好沟通。所以,我国古代重要祭祀都要酒。《说文》有:"置祭也。从酋,酋,酒也。"所以说,中国人在"酒"里还加了很多"神秘",用于人神、天地的沟通。

有酒有**色**。说完了"神",再说点"色"。喝酒与声色可以扯上关系。我们在生活中讲男女(婚)配,那"配"分明从"酉",《说文》释为:"配,酒色也。"成语"沉湎酒色"即出典。它指因酒而醉的脸色,也引申为夫妻的相匹配合。"配"之篆文形如人跪于酒尊之状。所以说,中国人在"酒"里还掺入了很多"情色",用于男女之间的配合。

有酒有**理**。说完了"色",再说点"理"。"酒"一直被认为是一种特别具有"精神"的物质,也就是说,酒是物质,喝了就有"精神"。这一点与西方相同。西方人在注解"精神"(相对于物质而言)、"灵魂"(相对肉体而言)、"神灵"(相对于世俗而言)时都与酒、酒精相提并论。Spirit既是物质的,又是精神的;既是情态的,又是物态的。可以说,"酒"里有很多"提神"的物质,用于物质与精神的协同,可谓酒中有理。

有酒有**诗**。说完了"理",再说点"诗"。在中国,把"诗"

与"酒"相提并论很平常。说起来,人类的生命本能大致不过是"情"与"理",诗似乎是二者在无法调和时的超脱。这也是为什么古人在"不得志"的时候就要喝酒的缘故。其实,得志也喝的,只不过,不得志的时候看上去有点可怜,所以就被突出了。特别是那些诗人。仿佛没有酒就写不了诗了。曹操有"对酒当歌,人生几何?譬如朝露,去日苦多。慨当以慷,忧思难忘。何以解忧?惟有杜康。"(《短歌行》)原来,中国人在"酒"里还加了很多"诗情"。

有酒有**法**。说完了"诗",再说点"法"。我们现在社会是法治社会。可是,中国自古以来的乡土社会是自治的,费孝通在《乡土中国》里讲得很清楚。比如现在的年轻人结婚,到相关部门领个"红本"(结婚证)就"合法"了,在传统的乡土社会不是这样的。结婚要办婚礼,婚礼就是"喝喜酒"。表面上只是亲朋好友聚到一起祝福、热闹一下,其实是以民间的方式"公证"你婚姻的"合法性"。你"请了酒",人家"喝了酒",就认了。所以说,中国人在"酒"里还加了很多"乡规民约",喝酒成了"公证"。

有酒有**威**。说完了"法",再说点"威"。在中国西南地区的许多少数民族社会里有一个亲属特别厉害,特别有权威——"舅舅"。我曾经写过一本书《西南舅权论》,专门讲这番道理,人类学甚至还有一个专有名词——"舅权制度"(avunculate)。《释名·释亲属》:"舅,久也,久老称也。""舅舅"是"久老""权威"的意思,与"母权社会"有关。而"酒—久—旧—舅"经常

酒不醉人人自醉　023

在民俗事象中相互映照，在西南少数民族中还常有"天上雷公大，地上舅公大"的说法。基诺族，"基诺"的意思就是"舅舅的后代"或"尊敬舅舅的民族"。很多少数民族在婚姻中，男女双方首先要听舅舅的，由舅舅做主。那"喝喜酒"的"证婚"也是由"舅舅"来主持。其实过去汉族也有这样的传统。所以说，中国人在"酒"里还加了很多"权威"，喝酒不完全是个人的事情。

说了一大通酒的"奇异功能"，好像那酒真就那么神。其实酒是一种最为矛盾的物质。它有迷狂功能——把你弄醉，喝了酒胆子就大了，什么事都干得出来，弄得不好是要送命的。难怪古代的统治者为了社会治理，经常要下"禁酒令"，《尚书》里面就有禁酒令——《酒诰》。

酒事说得差不多了，却不知道是在说酒好还是说酒不好。说了半天还是没说清楚；有点沮丧。转念宽慰自己：何必自寻烦恼？除非不说那酒，非要说，这世界上有谁敢说他能说清楚？如果有人说他能说得清楚，那他一定是喝醉了。

细细品味，不清醒有时真好，没烦恼。醉境有时还真美，有意境。

这是不是文化殖民？

现在的人穿戴真是乱了。我经常看到咱中国人的身上背着洋文：帽子，衣裤，鞋子，甚至还有把洋文文上身的，很有"文化"的样子。虽然"文"的本义还真是古人刻画在岩石或兽骨上用来传达意识的图画性符号，可是，今天那些在身上乱涂鸦的，恰恰是没文化的表现。按说，这是人家的选择权利，我本人也偶尔会穿的，问题是，有的时候那个人的装饰对社会造成了"污染"，影响了社会环境，给别人不舒服的感觉。这有点像大妈们跳广场舞，广场上出现达到扰民地步的超高分贝，你可以跳舞，那是你的权利，但你的权利不能影响别人的正常生活。所以，穿戴也应有限度：视其是否对公共规约和伦理造成影响。看到过这样的报道：中国大妈把广场舞跳到纽约的广场、温哥华的商场而被人驱赶。所以我想说，穿戴的个人"自由"需要有限度。

有一次，看到一个小姑娘T恤背后印着"FUCK ME！"，我

DON'T FUCK WITH MY FEELINGS
别惹我！（作者摄）

背一身的洋文，或许衣服穿破了还不知是什么（作者摄）

都不好意思翻译那两个字，读者自己去查吧。反正，臊！前些日子外出，在火车站，看到这样的打扮，感觉稍好些。

更多的情况是，问身背洋文者那洋文的意思，一脸茫然，全然无知。那衣服都快穿破了，有点像一个人临死还不知道自己"姓"什么。

现在的人喜欢披挂洋文，要的只是时髦，为什么要知道"意思"啊；什么都要知道"意思"那还有"意思"吗？确实，那就真没"意思"了。好像成了喜剧段子。

而且，现在都"全球化"了，洋文披挂上身不正体现了"全球化"吗？可转念一想，好像也不对啊。全球化那我中文不也应该"全球"了嘛。而且在这个大"球"

上，还就是我中国跑得最快，成为世界上第二大经济体。怎么在自己的国家，少见背着咱中文字的服装？记得有一次，我到昆明动车站乘车外出。因到得稍早，坐在椅子上无聊，便做了一个测试：对从我眼前通过（不间断，男女老少）的500人身上的着装，包括行李箱、背包等进行目测。目测的结果：无一中文方块字。其中有两位年轻人身穿"LI NING"牌运动装，其符号也是用字母来表达。这个测试结果令我诧异。

以笔者愚见，若从装饰和美感的角度看，中文要比那些"豆芽菜"好看得多。试想，在T恤上印一些甲骨文符号或汉字，有形象，有形态，还有形状，真是自豪又自信，毕竟相比世界上那些伟大的古老文明中的象形字，如古埃及文明的象形文字，两河文明的楔形文字，美洲玛雅文明中的象形文字，汉字是迄今为止世界上留下的唯一完整且仍在使用的象形文字。用来装饰，那定然非常上相，可是，大多数人还是选择了他们不了解、不理解的"豆芽菜"。

那是什么"意思"啊——又来了。

我住在厦门大学的教工住宅区——海韵北区，芙蓉隧道就在我家楼下。我若要去学校，过隧道，步行十五分钟就到了。每当我穿越这"网红"隧道时，布满眼帘的都是青年学子们的"画作"。任意撷取几幅供读者一睹：

大家一定发现了，这些画的"背景"都有日本动漫的"影子"，尤其是画作中的眼睛，甚至把闽南的惠安女也都搞成了

厦门大学芙蓉隧道最具代表性风格的画作（作者摄）

"日式眼睛"。我分明看到这一代年轻人在成长过程中所受到的影响，以及被潜移默化的深邃痕迹：不是"中式"的，是"西式"或"日式"的。

厦门是个海岛城市。夏季，我隔天要到海里去游泳，把自己晒得很"酷"的样子。每次下海——真是每次，都会遇到年轻人在海边拍婚纱照。

那婚纱是白的，西式的；我从未——真的从未见过红的，中式的。我就纳闷了，中华民族自古就有所谓的"红白喜事"：结婚是一定要穿红色的，那是"红喜"；丧葬时一定要穿白色的，那是"白喜"。而且，红色是中国颜色的标志，不是有"中国红"的说法吗？我这就纳闷了，为什么现在的年轻人结婚要穿白纱，不着"红喜"？大家都知道婚礼穿白纱是西方的礼俗。我们不是西方人，却要照搬西方的礼俗，为什么？那恐怕是认为"白纱"好看。问题是：为什么现在的年轻人会认为西式的"好看"，中式的"不好看"？

写到这里，我想休息一下。转念，干脆开车到海边去把拍婚纱的"美景"取回来。于是我停止敲打键盘，驱车到了海边。天气很好，天蓝海蓝。以往每次都能遇到海边拍婚纱照的人，经常有好几对。这次也一样。我用了半个小时拍下了下面的照片，感谢无意中成为我"取景"的新人。

在海边拍婚纱照的新人（作者摄）

当这些事情一并集结到我的脑海时，我突然意识到，这似乎就是所谓的"文化殖民"吧。学术上这样解释"文化殖民"：

> 通过游戏、文学、影视、漫画等媒介实施的一种文化侵略的结果。

文化殖民的影响是持续的，潜移默化的；它深深地嵌入某一个文化的肌体之中，以不经意的方式呈现在社会群体身上。人们无法分辨；即使有点感觉，也不会在意。特别是那些内化成了生活的时尚、习俗，成为人们的习惯，更无法抗拒，甚至还要尽力趋从。

"殖民"（colonize）原属于中性词。"殖"的本义是生殖、繁殖、孳生，在农业方面有培育、种植的意思，所谓"农殖嘉谷"；在商业方面则强调兴生财利，比如货殖就是增殖利润的意思；在历史学领域，早先的"殖民"更多强调的是"迁移"。以海洋文明为背景的历史因耕地不足，加之海洋交通的便利，移民与拓殖、商贸、探索、冒险、争夺、战争等交织在一起。

后来，随着历史变迁，"殖民"中注入越来越多强迫、强制、掠夺、侵占等元素，成为一种"统治工具"，所以也越来越具有贬义色彩。

近代的资本主义与殖民扩张属于同行者。从15世纪末开始，西班牙、葡萄牙等国海盗式地劫掠。17至18世纪，各主要资本主义国家先后使一些落后国家不同程度地丧失独立地位，成为其依附国。19世纪末至20世纪初，资本主义发展到帝国主义阶段，文化上也附载了越来越多的帝国主义特征。

英国学者汤林森在《文化帝国主义》一书中提出"文化帝国主义"的概念，我援引如下：

> 运用政治与经济权力，宣扬并普及外来文化的各种价值与习惯，牺牲的却是本土文化。

无论是"文化殖民"还是"文化帝国主义",都是以殖民的方式对其他社会的价值观念、认知方式、知识表达、生活习俗乃至传统文化进行无形的"潜入性侵入"。可怕之处在于,被"文化殖民"的对象经常不是强制性的,而是通过"自我接受"的方式达到文化殖民的目的和效果。

近代以降,"西学东渐",包裹着大量殖民因子的文明和文化进入中国。而从清朝中期至新中国成立前的这段时间,国势颓弱,崇洋媚外在所难免。在西方强势文化面前,整体性对传统文化不自信的情结也在历史中渐渐发酵。新中国成立以后,"文化殖民"虽遭到过清理,但遗毒仍未肃清。改革开放以后,西方的文化价值再一次涌入,分解、分化到了观念行为、伦理规范、生活习俗、文化艺术等传统价值中;悄然融入艺术、影视、服装、饮食、设计、建筑、商标、符号等各个方面。人们在不自觉中实践着"文化殖民"的潜在价值。

而东西方文化在全球化浪潮下又不可避免地遭遇融合—冲突,借鉴—学习,利用—互惠,继承—创新,但我们自己应清醒地意识到,全球化不等同于全球"西化"。

我现在终于明白费孝通先生为什么到了晚年一再强调"文化自觉"。因为,"文化自觉"是建立在"文化自尊"和"文化自信"基础上的。中华民族的伟大崛起,不仅应反映在GDP上,更要体现在"文化自尊—文化自信—文化自觉"上。否则,"文化帝国主义"便会通过文化殖民的方式肆意潜行,以文化殖民的手段控制,我们也就像着了魔、中了邪一样被人家牵着鼻子走。

但也有例外。过去几十年，我从未在海外看到中国的婚礼穿中式的红色礼服，然而有一天，我无意中在凤凰新闻台的节目中，看到了一则新闻：中国企业在埃及举行大型婚礼，其中夫妻有中国人和埃及人，也有夫妻都是埃及人，但他们全部都穿中国红色的婚礼服，按照传统的中国婚礼进行。非常喜乐！

AA制疑似断绝关系

现在的年轻人喜欢行AA制，特别是请客吃饭。那调子一听就知道是从洋人那儿学来的。就个人而论，选择何种方式吃饭、结账，完全属于个人私事，自由自在，不关他人，无涉他务。

只是，人生在世，皆活于常伦，从生到死，不能跨越，难以超脱。更有生理上、文化上烙印着某些永远相伴的符号——挣脱不了的。就像我们一出生就是黄皮肤、黑头发，你可以把头发染成金黄色，但改变不了你还是中国人。

AA制大体属于城市生活。现如今，全世界的城市生活表象大都一样：提着步伐赶地铁，握着手机过斑马线，仰着冷脸望高楼，耐着性子等"高峰"，急功近利讨生活，时不时还要去加班。那步履、那节奏、那调式早已脱离了"日出而作日落而息"的轨道，与"天时地利人和"道了别。

虽然是城市生活，总还需要记得咱们是中国人，有自己的伦理。美籍华裔人类学家许烺光在其经典著作《祖荫下》中就指出,"市民"的前身大都是"农民",不少帝王也都是农民出身,汉代的开基皇帝刘邦、明代的开基皇帝朱元璋都出身农家。"家"也叫"厝",与乡土的"过去"和"祖先"永远连在一起。中国的城市与西方的城市不仅根源不一样,形态也不一样。虽在城市生活,不少家庭的台子上还放着祖先牌位,墙上还悬着"天地君亲师",尤其闽南人的家里还总是要有神龛。西方的城里人不这样,所以有AA制。

我们当然也明白,社会在发展,世态演化有可能把一些新生事物变成常态。尤其像吃饭这样的事务,通常不受法律法规法理限制,因此可以自由放任。AA制混迹于当代饮食伦理新风尚,诸如光盘行动、文明饮食、公筷健康等一系列饮食新民俗之中,一切似乎理所当然。特别在疫情时期,更加速了"分餐行动"的步伐。其实,我国古代早就有"分餐制"的,只是囿于等级范畴,其形式与今日不同。需要提醒的是:分餐与AA制不完全是一回事,分餐也可以不AA制。

现在社会发展太快,光明正大地改变习俗,潜移默化地调转风向,不知不觉地改名换姓,莫明其妙地数典忘祖……风俗变革与政治变革不同,"悄悄地改变,静静地革命",有时更难以抵挡。AA制因为没有制约的理由,没有事先的预示,宛如在饮食变革中多了一些佐料而已,不需要大惊小怪。但慢性病无痛无痒更可怕,更需要防范。我在法国留学的时候,记得当时一位法国总理说过这样的话:"麦当劳都来到了香榭丽舍(Avenue des Champs-Elysées)真是见鬼了!"法国人不仅害怕自己的法式大餐被美式快餐悄悄取代,更害怕法国的文化在全球化的变迁中给弄没了。

AA制置于传统农耕文明的宴席中,看上去就很怪诞。大家都知道,中国自古是一个农耕家族式的社会,费孝通把这样的国家定义为"乡土中国"。乡土的本色是风俗,是民俗。古之时,"风"与"俗"属于不同范畴。《汉书·地理志》有:"上之所化为风,下之所化为俗。"意思是说"风"由自上而下的教化所生产;"俗"则是基层民众自我教化的结果。说得直白一点,人民就生活在那些"风俗"之中。其实,传统的风俗也是在变化的,只是有一条脉络,再变也变不到AA制上。原因是,AA制与我国传统的风俗是相互抵触的。

再快的社会变迁,总还会有传统的继承;再刻意的"创新",也都建立在"守旧"(今天改说"守正")的基础上。大家都知道,饮食属于风俗(民俗)中最重要的表现形式和形态。只要你是中国人,就一定要吃中餐,不吃"比死还难受"。《礼记·礼运》有:"夫礼之初,始诸饮食。"说明礼原本产生于人们的饮食,关乎民生,并成为"国之本位"——国之政治、政务、政要的根本。反过来说,政治之"正务"首先就是保障人民的食物生计。《尚书大传》曰:"八政何以先食,传曰:'食者万物之始,人事之本也。'"说的是世间万物,食为先。既然中国的礼仪从饮食开始,那是天大的事情,不可乱来。

吃饭不仅蕴含大道理,还有功能—结构:即作为生物物种的人类,首先必须解决温饱问题,而吃饭的行为融入社会的常伦中,是人生伦理的"第一堂课",且一定要上好。就像房屋的结构，一旦确立了就不能随意改变，否则会有坍塌之虞。所以，任何西风吹来，我们都要在"守正—创新"中找到平衡。当AA制出现在中国的风俗中，除了尊重个人意愿外，也要尊重传统伦理。如果二者发生冲突，可能会造成对传统价值和礼俗的伤害。

那么，AA制与传统伦理价值是否有冲突呢？我的答案是"有"。大家知道，中国是一个农业社会，礼仪源于乡土，用于乡土，成为乡土社会交流的形式，是特定的人群共同体相互认同的纽带，成为一种亲合力存续于群体内部。比如，当亲戚朋友宴请，被请者需要以特殊的形式，在特殊的时辰"回报"或"偿还"，却又不是当场、当即回报或偿还，形成了一种特殊的、不断交流的"流水线"和不断裂的裙带关系。"礼尚往来"不仅是一句成语，而且是传统的伦理要义。

"民以食为天"，乡土社会有许多事情都需要通过"乡飨"来进行。"飨"是个会意字，一眼就能看出形是"乡—食"组合，所以"飨"与"乡（鄉）"有关。"鄉"字最早见于甲骨卜辞，本义是在氏族聚落中进行的集体饮食活动。中国古代的"鄉—飨"还要饮酒。因酒因食而聚集，除了体现特定的社会性外，也是乡土社会中团结（宗亲缘分）、协作（群体合力）、公益（公共事务）、礼仪（社会公证）、互惠（利益共享）的媒介。

在传统的乡土社会，"鄉—飨"是一条"经久—经世"的社交纽带。祭祀、红喜、白喜、盖房、立基、节庆、公益、慈善、规约、外交、结盟、抵御外侵等，都需要通过乡土之"飨"来完成。这形成了传统的乡土伦理，也是"礼仪之邦"的原生形态。

苗族鼓藏节饮食场景（作者摄）　　　　贵州屯堡地戏表演前的祭祖仪式（作者摄）

以我的理解，中国饮食不能AA制的原因大致有以下四点：（1）群体关系。无论是家庭、家族还是其他社会关系中，最常见、最重要的场合就是聚餐，在节庆或在特定的场合，大家聚在一起维系感情，经常还与祭祀祖先、图腾崇拜结合在一起。（2）礼尚往来。中国传统的乡土社会基本上以村落为基层单位，是一个扩大的"家"的共同体。人际交往不只是维系感情，还可贯彻互助互惠精神。比如即使在当代农村，盖新房、红白喜事等都要通过"乡飨"来实现。（3）维持秩序。我国传统的餐桌是现实伦理秩序的简缩版，自古就有，不可造次，不能僭越。其中更糅合了地位、声望的隐喻和提示。饮食的道理是深邃的，餐桌的伦理是严格的。（4）好客伦理。中国人"好客"，"好客"最有代表性的行为是"请客"，请客最常见的方式是"吃饭"。所以，请客吃饭事实上是一种中式特殊的交际舞台。表面上属于好客伦理，实际上却包含着某种隐形结构：

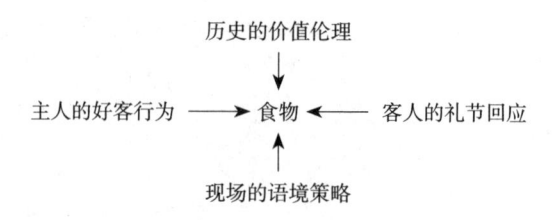

```
                    历史的价值伦理
                          ↓
    主人的好客行为 ——→ 食物 ←—— 客人的礼节回应
                          ↑
                    现场的语境策略
```

在这个结构中，**群体**是基础。这一点与西方礼俗不同，西方是以**个体**为至高原则的社会，饮食聚合也以此为原则。在西方，如受邀、应邀参加宴请，一般在赴宴时带点小礼物即可，当场把"债务"还清，没有下一次"偿还"的问题。每一个"下一次"都是重新开始。我在法国、德国、美国、加拿大参加过不少的宴请活动，受邀时我也会买些小礼物，遵循当场结清的礼俗。这其实是"AA制"的原型。

中国则不然，朋友请客，不一定非得当场送东西，但得记下这一笔"欠债"，于是有了下一次"偿还"的连续性。这已经成了维护社会交往的机制、策略和手段，否则乡土社会伦理便难以持续，乡里乡亲的关系也很难延续。"飨"在乡土社会里其实就是一种交流、交通的工具，大家依"礼"（"禮"字原本就与饮食有关）行事。AA制在这里行不通。

此外，中国饮食还有一个重要的表述：面子文化。"面子"是民俗中一种重要的文化表达。"面子"需要场合，最有代表性的场合还是请客吃饭。在面子文化中，饮食常为先行者，其中一种最有代表性的文化现象叫"夸富宴"（potlatch）。人类学研究表明，世界上的许多地方都存在类似"夸富宴"的形式。19世纪90年代，美国著名人类学家博厄斯（Boas）通过对夸库特人（Kwakiutl）的仪式观察，详细描述"夸富宴"的特征后，第一次将"夸富宴"作为人类学研究的原点，后来的人类学饮食研究对此有许多更为深入的研究。也就是说，"面子"与饮食是不期而遇的伙伴。中国传统礼仪中的"面子文化"异常浓烈。

今天社会在推行"光盘行动"，我赞成。"光盘"与"面子"其实并不完全冲突，"面子"不是"浪费"的同义词。"不浪费的面子"属于中华民族传统伦理的延续，顶多存在一个语境与情境问题。

最后，给小文作一个小结。如果说中式的饮食关系与西式的饮食关系相比各自有什么特点的话，那就是：中式遵循的是**延续模式**，西式则属于**断裂模式**。中国传统的文化需要通过饮食来延续传统的族群关系与历史关系，也借此扩展社会关系，并以"礼尚往来"的规矩继续推展。而西方则当场结清，不欠不还。每一次宴请都是重新开始，又即时结束。AA制就是这种模式的表现形式。

我想，既然我们生活在中国，又是地道的中国人，还是遵循中式的礼俗为好。毕竟这是祖祖辈辈传下来的。况且，我觉得，礼尚往来是比AA制更温馨，更有暖意的。

教育与天性

记得前不久,一位小学老师问我:"彭教授,你是厦门大学的教授,一定有很多教育经验。我孩子的教育真是伤脑筋,我不知道要怎么教了。"

我:"你是小学老师怎么能不知道如何教小孩?"

她:"我真不知道,孩子(男孩)皮得很。"

我:"孩子的天性不要严加管束。小孩没必要读太多书,让他尽可能与大自然接触,在玩耍中学习。我们这一代人在小的时候几乎不读书,天天玩。"

小学老师的眼光中充满狐疑:"你不读书还在厦大教书,不误人子弟吗?"

是啊,"少时不读书,大了去教书"这话不通,理也不通。她的眼光中显然对我的话充满了质疑。

我自己也不知道我的回答对一位小学老师是否合适。看得出她是一位忠于职守的好老师,她的"教育法则"就是要让孩子尽可能听话、读书。我以我的经历得出的结论显然无法对接现行的"教育法则",尽管故事是真实的,态度是真诚的。

我们这一代人的童年确实没读什么书。我1956年出生,3—6岁原本该上幼儿园的时候,却遇上三年困难时期(从1959年到1961年)。长身体的时候连饱饭都吃不上,读书就更谈不上了。

10岁上小学三年级时遇到"文化大革命",学校"停课闹革命"。两个哥哥参加红卫兵去"串联",学校不开课,我就在福建农林大学(原来的福建农学院)的试验田里玩。上山下河,养鸡摸鱼,捉知了摸泥鳅,爬树摘果子,小朋友聚在一起玩各种游戏,从早到晚。夏季时天天中午到闽江游泳,把自己晒得像黑鬼一样。到1971年,农学院遭到解散的命运,老师都成了下放干部,到农村去了。

我的初中是在闽北的一所公社(现在的乡)中学上的。记忆中是挑着担子去上学。那个时候全国都在学唱"样板戏",我参加了宣传队,把那《红灯记》《沙家浜》《智取威虎山》的经典段子都学了透,还经常到村子里去演出。学校不正规,学习只是"所谓",其实在应付。

高中到了福建省三明市第二中学,学校是正规的,可又遇上搞什么"学工学农",学生经常去劳动。加上我喜欢打篮球,还参加宣传队,天天不是农场就是球场,外加舞台。课堂成了流光——没有什么太多记忆的流逝光阴。

高中毕业后,上山下乡当知青。一年出工超过350天,耕

教育与天性　041

牛、犁地、插秧、耘田、收割，全都会，外加一些"副业"养猪、养鸭等——那不是养一两头，两三只，而是几十头，几百只。博物学知识掌握得真不错，莫说是熟悉田里的农作物，蔬菜瓜果不仅分得清，还要自己种。我们插队的地方偏僻，没有公路，更没什么菜市场，天天吃的菜是自己种出来的。

1977年恢复高考，我才算是开始读书。那一年，我21岁，已经是大人了。不过还是挺贪玩的。真正读书是到研究生阶段，1984年了。那时开始拼命读书，从《论语》读到了《理想国》。反正闭着眼睛能摸到的书都读，如饥似渴地恶补！

这么算下来，我的孩提时代还真没有读什么书。不过，那没书读的经历也拥有了特殊的收获：懂得与大自然友好相处，孩童的天性得到释放，掌握务农本领，了解博物学知识，通过双手解决温饱问题。那些磨砺、吃苦也成了重要的人生资本。我敢说，现在的年轻人已经再没机会获得这些磨砺、认知和吃苦的经历了。有了这些经历再去读书，才能通透。尤其是学人文社会科学的，经历和苦难都是财富。

当然，那是历史造成的，不需要埋怨。想到抗日战争时期，一大批中国的知识分子都集中到西南联大，成就了一大批伟大的学者。看看我国近代的那些大师，哪些不是苦难中获得成就。我到过西南联大的旧址参观，走访过魁阁，到过蒙自的西南联大分校旧址，去过抗战时期的四川李庄。我知道，对年轻人诉苦没什么意义，上一代对下一代大都如此。所以我极少在我的女儿面前提起那些"忆苦思甜"的故事。

至于什么是"有出息",评价、评判和评说者各有说辞,没有绝对标准。反正我退休时确实在国家重点大学厦门大学当教授,而且是一级教授(最高级别)。

现在的教育非常严酷,尤其是小学教育。不同的课程,不同的老师,外加父母的加码,社会的压力,孩子们几乎把命都送上了。"三座大山"(学校、家庭、社会)压得他们喘不过气来。我查阅了1949年以来国家和教育部有关"减轻小学生负担"的文件,除了"文化大革命"期间,一直没有断过。

1949年以来关于减轻中小学课业负担的重要文件
(根据网络资料整理)

1955年7月,教育部下发《关于减轻中小学生过重负担的指示》文件为中小学生减负。该文件称,1954年之后,学生负担过重,一般是大中城市的学校负担比小城市和农村的学校重,中学比小学重,高年级比低年级重。一些高年级学校一周课时比规定时间超出5—10小时,多的高达24小时。这是新中国第一份"减负"文件。

1964年2月,北京铁路二中校长魏莲一为中小学生"减负"写了一封信,被送至中央,毛泽东亲笔批示。这就是现代教育史上有名的"二月来信"。当年2月13日,毛泽东在教育工作座谈会上指出:"现在的考试办法是用对付敌人的办法,实行突然袭击。题目出得很古怪，使学生难以捉摸，还是八股文章的办法，这种做法是摧残人才，摧残青年，我很不赞成，要完全改变。"

1964年5月4日教育部发布《关于克服中小学生负担过重现象和提高质量的报告》。

1988年5月11日，国家教委发布《关于减轻小学生课业负担过重的若干决定》。

1993年3月24日，国家教委发布《关于减轻义务教育阶段学生过重课业负担，提高教育质量的指示》。

1994年11月10日，国家教委发布《关于全面贯彻教育方针，减轻中小学生过重课业负担的指示》。

1999年6月，中共中央、国务院发布《关于深化教育改革全面推进素质教育的决定》，指出："减轻中小学生课业负担已成为推行素质教育中刻不容缓的问题。要切实认真加以解决。"

2000年1月3日，教育部在下发《关于在小学减轻学生过重负担的紧急通知》中指出："学生负担过重现象至今仍没有从根本上得到有效遏制，有的地方甚至还相当严重，已成为全面推进素质教育的严重障碍，也直接影响教育行政部门和学校的形象。"

2013年8月，教育部出台《小学生减负十条规定》，包括：一至三年级不举行任何形式的统一考试；从四年级开始，除语文、数学、外语每学期可举行1次全校统一考试外，不得安排其他任何统考。每门课每学期测试不超过2次。考试内容严禁超出课程标准。学校和教师不得在课余时间、寒暑假、双休日和其他法定节假日组织学生集体补课或上新课。试图打破"学校减负、社会加负"和"教师减负、家长加负"的怪圈。

2018年2月，教育部等四部门印发《关于切实减轻中小学生课外负担开展校外培训机构专项行动的通知》，决定联合开展校外培训机构专项治理行动，切实减轻中小学生课外负担。截至2018年10月，全国摸排到校外培训机构400 532所。实际辅导班（机构）的数量远高于排查到的数字，中小学生学习负担过重又一次成为社会共识。

2018年12月，教育部等九部门印发《中小学生减负措施》（减负三十条），要求发展素质教育，规范学校办学行为和校外培训机构发展，扭转不科学的教育评价导向，引导全社会树立科学教育质量观和人才培养观，切实减轻违背教育教学规律、有损中小学生身心健康的过重学业负担。

2020年5月9日，教育部网站发布了《教育部办公厅关于印发义务教育六科超标超前培训负面清单（试行）的通知》，要求依据负面清单严肃查处超标超前培训行为，切实减轻中小学生过重课外负担。

2021年7月24日，中共中央办公厅、国务院办公厅印发《关于进一步减轻义务教育阶段学生作业负担和校外培训负担的意见》。要求持续规范校外培训（包括线上培训和线下培训），有效减轻义务教育阶段学生过重作业负担和校外培训负担。同年8月，国务院教育督导委员会办公室印发专门通知，拟对各省"双减"工作落实进度每半月通报一次。

简单梳理一下1949年以来有关中小学生"减负"的文件（1966年5月至1976年10月的"文化大革命"期间，学校教育基本上处于非正常状态），吓人一跳。这简直就是一部刹不住的车，似乎我国的教育已经成了一种惯习，不残害孩子的"天性"就过意不去似的。重温上述材料，发现还是毛泽东说得最绝口："现在的考试办法是用对付敌人的办法，实行突然袭击。这种做法是摧残人才，摧残青年，我很不赞成，要完全改变。"

于是，一连串问题浮现出来：难道我们不希望孩子成材吗？难道中国的父母都这么狠心吗？难道中国的中小学老师都如此绝情吗？

答案肯定是否定的。我们都希望孩子成材！中国父母的爱，甚至到了溺爱孩子的程度！整体来说，中国的老师是有情义的老师！

那问题出在哪里？——**教育体制**！这是很多人脱口而出的理由。可是什么是"教育体制"？一时间似乎又没人讲得清楚。如果我们简单地回顾一下中国的教育历史，或许有助于帮助我们找到一些答案。

中国现行的教育体制是从西方移植来的，而中国古代伟大的教育家孔子的教育思想、体制、形制在现行的教育体制中几乎荡然无存。中国传统的教育由于无法承担现代教育"流水线大批量生产"的使命，随着近代以降"西学东渐"风潮的日盛已然作古。

既然是从西方移植来的教育体制，那么"错"的根源不就在西方吗？这话只说对一半。我国现行的教育基本上是模仿西式的体制与形制，但都经过了改革。所以，"对"与"不对"都要自己承担责任，不要埋怨人家，更不能甩锅。

公平地说，中国的教育总体上是成功的！毕竟我们从西方移植来的教育形制也只有一百多年的历史，可以将这一"西来之物"改造成今天的样子，真是了不起！中华民族的崛起根本上凭借的还是人才。近代以来，我国通过各种渠道（官派、公派、自费）陆续派出一批批留学生，他们学成归来为自己的国家做出了重大贡献。但是，平心而论，整个国家的建设靠极少数留学生只能是杯水车薪。客观地说，我国自己的教育承担着培养社会主义建设人才的重要使命。而且，绝大多数出国留学的学生，他们的基础知识也都是在祖国打下的，包括我自己。所以，我要为我国的教育事业点赞！

清醒的方式是对比中西方教育中各自的优点，取长补短。在我看来，孩子的教育，要**教随天性**。关在笼子里的鸟可爱，养在盆子里的鱼好看，但都不符合天性。这里有两个阐发点：（1）"天性"可以视为生性、本性的异称。教育如果违背了孩子的天性，对健康人性的培养是不利的。（2）"天性"是催生能量的策源地。孩子的兴趣、积极性、能量、能力、耐力、毅力大多从中而来。我的总结是：逆天性败，顺天性成！

小孩子的天性很外露，不掩饰：小男孩喜欢武器类玩具，小女孩喜欢花衣裳；小孩都好动；小孩像宠物，喜欢被表扬。小孩要带，不仅身体上，而且思想上。灌输是需要的，但要适度、适量。不要动不动就搞评比。培养自信、注重兴趣，引导思考，鼓励实践，训练五官——我国古代"聪明"指的就是耳力好（聪）、眼力好（明）。要让孩子们在身心愉悦中实践、学习和进步，保证身心健康。不管在什么地方，什么教育体制下，什么学校，什么老师，只要遵循这些原理就好。

前些日子我遇到了几件与孩子教育有关的事情，从中我也发现自己老了，很喜欢与小孩交流。所谓"老小老小"，恢复"天性"了。于是有了一些小故事。

第一个故事：

2021年8月，我和太太到贵阳度假。选择贵阳，一是那里是自己曾经挥洒青春的地方；二是那里的夏天凉快；三是那里有不少自己培养的弟子。

杨春艳是我的弟子，博士研究生毕业后在贵州民族大学当副教授，人品学品俱佳。师父、师母来了，她常伴左右。她育有一女，小乖小乖的，小名就叫"小乖"。又漂亮，又懂事，也总缠着叫我"爷爷"。她那时读小学一年级。

在中国，小学一年级的暑假照例是有作业的，其中有一道很有新意："请最美共产党员讲故事"。唉，我这就被小乖缠上了。

我是老共产党员，还是井冈山人（江西泰和），革命故事自然是多的。2021年8月18日，我们一起去贵州省新建的省博物馆。恰逢中国共产党建党100周年，相关的庆祝材料也多。就这样,我在现场给小乖讲了"吃水不忘挖井人"的故事:故事发生在瑞金城外有个叫沙洲坝的地方。1933年,毛主席在江西领导革命的时候,在那儿住过。村子当时没有水井,乡亲们吃水要到很远的地方去挑。毛主席就带领战士和乡亲们挖了一口井,新中国成立以后,乡亲们在井旁边立了一块石碑,上面刻着:"吃水不忘挖井人,时刻想念毛主席"。我还顺着这一"挖井"的故事,给小乖讲了"井"与"家"的关系,"背井离乡"讲的就是无家可归的悲惨。

故事讲完后,我们还到党旗下宣誓。那个"范儿"足得很,老小都认真。

"吃水不忘挖井人"的故事原型
(杨春艳摄)

"小乖"的暑期作业:请最美共产党员讲故事
(杨春艳摄)

故事讲完了。我自己觉得这老师也好,老党员也好,当得还是称职的。党性教育也许确实需要在具体的历史时空下具体地讲述,方能让孩子们更自然地接受和理解。

教育与天性　049

第二个故事：

我的外孙女小名叫"小麦子"。她在加拿大，2021年开始上小学，上的是一所女子学校。因为经常视频通话，我这个当老师的也习惯性地关注起西方教育在这个年龄的具体实施情况。小麦子在学校参加了很多的活动：运动、唱歌、跳舞、演讲、画画、剪纸，还学了法语。天哪！对于5岁多的孩子，三种语言（中文、英文、法文）同时学，有时视频的时候，她还给外公打招呼说"Bonjour"（法语"你好"）。孩子们每个星期要做一次演讲。小麦子在家也与许多小孩子一样学钢琴。

我先时真挺担心的，孩子怎么受得了，这么多的作业！但每次交流时，她总表现出快乐——人家根本不在"写作业"，都在玩。

后来了解到，她们学校在对那个年龄段的孩子进行教育时没有考试，没有分等级，没有"小红花"。我认为幼儿园给小朋友戴小红花的方式的确不好，是以刻意的方式，用大人眼中的"好坏"把孩子分出等级，那些得不到小红花孩子的自尊心无形之中受到了挫伤，这种挫伤有可能成为孩子成长中的阴影。

小麦子的学校老师对所有的孩子都给鼓励，培养孩子们的**自信**和**独立**，引导孩子们不同的兴趣和能力。遵循"玩中学"的原则，方式活泼多样，"作业"就是想着法子让孩子们玩。比如老师在教人体器官构造，让孩子们用画画的方式把那些重要的人体器官都涂上不同的颜色，然后用剪纸把器官贴到相应的位置上。

"小麦子"在上人体器官课：左在听课，中在涂色，右在剪纸（彭羽摄）

对于中西方孩子教育上的差异，我这个有几十年教龄的教师无从判断优劣。孩子未来是否"成材"也难以判断，毕竟每个孩子都是不同的个体，同一种教育，有的孩子后来成了天才，有的则在监狱里度过余生。这说不好。毕竟教育是一个关乎人才培养的最复杂工程，不是学堂里就可以完全解决的。

但无论如何，孩子的教育要注意六个字：**随天性，合个性**。这是我这个老教师得出的结论。

学会礼貌与人交道

礼貌是一种教养。这没问题，大家都知道。

我再加一条：礼貌更是策略。

初到法国时，刚开始觉得那法式礼貌有点过：又是拥抱，又是贴面什么的。更让人"受不了"的是，法国人非常喜欢赞扬人，有时到了令人瞠目的地步。记得有一周末，我们留学生与法中友协的法国人聚会，一位法国男士捧在场的一位中国女留学生："Oh，La La，你看上帝怎么能把女人生成这个样子！"

我当时听了鸡皮疙瘩落了一地。那女留学生长得一般，哪里有这样吹捧的。我在法国那些年，经常遇到类似的"捧法"。开始时觉得法国人好虚伪，现在想起来，法国人真是深谙人性。

人类学学多了，明白一个道理，只要是动物，特别是哺乳动物，都喜欢被表扬、被赞扬。看看那些训练动物和宠物的，大致遵循两个方法：给吃和给表扬。人类也一样，谁不喜欢受表扬，听好话？无论他表面如何波澜不惊，内心都是高兴的。这属于人性的范畴。

礼貌虽然不只是讲好话,道理却是一样的。人们喜欢有礼貌的人,不喜欢没有礼貌的人。喜欢与有礼貌的人打交道,不喜欢与不礼貌的人打交道。如果人家不喜欢与你打交道,那后面还会"有戏"吗?还能有"机会"吗?所以,不礼貌在生活中大失策!

近期我连续遇到了几件事情,令我不爽、不快。按理,个人的遭际拿出来说既无趣又无聊,至多人们也只是出于礼貌,耐着性子听。我之所以把这些个人私事抖搂出来,是因为我所遇到的这些事反映了严重的社会问题:伦理缺失。我想提出来,如果能引起一些重视和反思,就很好。

第一件:
几天前的一个下午,我和太太在小区院子里散步,看到几个小孩在那儿玩,大概六七岁的样子。他们让我想起了外孙女小麦子。

我笑着,俯下身问其中一位小男孩:"你几岁啦?"

那男孩抬头望着我,犹豫着想要回答,忽然从不远处传来一个尖厉的声音——他们同伴中的一位小女孩,此时大声对他说:"不要跟他说话!"那口气很硬,小男孩于是扭过头去,一溜烟地跑走了。

望着他们远去的背影,我感到非常沮丧。

这是一个大学老师的园区,一个五星级"优秀示范小区",

这些孩子都是大学老师们的孩子或孙辈。小区里受过高等教育的"精英",院士、教授、博士的比例非常高,为什么我在这样的"家园"里亲切与小孩子交流,却得到如此回应?

我无语。

太太见状开解道:"现在的家长都是这样教育孩子,叫他们'不要跟陌生人说话'。搞得这些孩子从小对人就有提防心理,假定陌生人是坏人。"

太太的解说道出了这件小事的原委。我在想,如果我们在成长过程中,自幼就对陌生人如此提防,如此警惕,长大后如何跟人打交道,跟社会打交道?这种自小养成的习惯或会伴随一生。难怪现在"社恐"的年轻人越来越多。

第二件:

最近一个阶段,大学里正在紧锣密鼓地进行各种项目和课题的申报工作。现在高校里,"课题项目"是评估的第一指标,校如此,人如此。所以,那些生活在大学里的老师们常常被课题项目"逼"到无路。

有一位大学教授,博士生导师,也是我的朋友,今年要申报一项国家社科重大课题,请求我伸出援助之手,加盟她的申报团队。

类似的"顺水人情"我是一定会答应的。她多次电话感谢,除了感谢,还是感谢。

她的申报材料需要我提供一些材料,包括个人简历、课题证明、职称材料、结题复印件、获奖证书、个人签名和身份证等，还要单位盖章什么的，挺麻烦。她把这些具体的事务交给了她的博士研究生。在今天的大学里，研究生为导师们做这些事情极为正常，非常普遍。

接下来，我就与她的一位博士研究生交流，包括邮件、电话、短信。从我的材料中，这位年轻人应是很清楚我的年龄、资历和辈分的。毕竟是一位长者，一位大学教授，是来帮助她的导师的。

可是这一切与这位博士研究生似乎没有任何关系。在那一段交往中，她成了我"领导"：一会儿一个短信要这个，一会儿一个邮件要那个，一会儿要提供这些材料，一会儿要补充那些材料。我却没有得到一句她的"谢谢"，甚至连回信说"收到"都没有，然后接着又是下一个的指令。我活脱脱就是她的"下属"，可是，即便是下属为上司做事，也要得到感谢，这是文明社会最基本的礼貌，不是吗？

我真是忍着气、憋着劲、耐着性子完成这位博士研究生布置的每一次"作业"，完成每一道"指令"。心想，毕竟她是在帮助她的老师工作。否则，我是绝对不要理睬这样的年轻人的。

第三件：

前些时候，厦门大学漳州校区（什么学院我都不知道）办了一个什么班，说是招了一批地方文化部门的工作人员，搞培训。有一位年轻的秘书给我打电话，说是要请我为他们的培训班做一次有关非物质文化遗产的讲座。这确实找对人了。同时,厦门大学人类学系的林红老师也从马来西亚给我来信(她退休后到厦门大学马来西亚分校工作),说给我电话的这位年轻老师请她来邀请我。林红老师是我当人类学系系主任时引入厦门大学工作的。她获得日本某大学人类学博士学位,我们同事好长一段时间,她对我一直很尊敬。所以,无论是从非物质文化遗产研究领域的角度,还是林红老师的面子,还是我本人是厦门大学老师等方面考虑,我都义不容辞要接受这一邀请。

我答应了。

接下来,我把相关的话题内容以及课件都发给这位年轻的秘书。她又说要做海报,需要照片,我也就找了几张照片寄去由她选。我也非常详细地了解了听众的构成,我会根据听众的结构进行准备,这是我的习惯,特别是做讲座。每一次都不例外。

我们甚至都已经讨论了讲座的时间、地点等细节了。

可是,可是,可是……

此后再无消息,也没了下文。好像这件事压根儿就没有发生过。

我就这样被搁在了那里。

我等啊等,就是没有音信。那样子是那样的期待啊。

我也设身处地设想了一些可能性:或许有什么缘故,此事最后不搞了;或许是这个班出了什么状况;或许是领导发了什么话,或许……

可是,出于礼节,那位年轻的秘书总要告知彭老师一下吧。

没有的。

而且我敢肯定这位年轻人也没有把这事告诉远在马来西亚的林红老师，否则林老师一定会向我说明的。

先前为了请彭老师这个大咖来搞讲座，如此大费周章，可是出了状况连一声招呼都不打了。

这种事情在我国秘书行业中发生频率很高。我这几年就遇到过三次。

第四件：

2022年3月19日，我收到这样一条短信：

> 彭老师，我是××大学×××博士的大学同学×××博士，听×××博士说您有雅克博士的《瑶族神像研究》一书，这本书是在泰国英文出版的，我想参考这本书，请提供信息。

短信中出现了四个"博士"，除了"雅克博士"我认识——他是我的法国老师，名叫Jacque Lemoine，中文名叫"李穆安"，生前系法国国家科学院人类学学部委员，著名的东南亚研究专家、国际瑶学专家。我当然知道他确实花了很长的时间（特别在晚年）研究道教与瑶族的关系，确实有从神像造型的角度进行研究，他也确实在泰国出版过这样一本全英文的书。老师也确实送给过我。

其他三位博士我都不认识,甚至连听都没听过。

我看了这条短信心里不舒服。

且别说一位博士向人请求帮助,而且请求的人辈分比你高,就是一般的同行,行文措辞也不应该如此生硬。知识分子总是知道客气的吧。

我没有回复这条短信。其实我是可以帮到这位×××博士的,可是我不愿意出手相帮。因为这位×××博士既不懂"礼",又不懂"理"。

第五件:

时隔三天,2022年3月21日21:17。我收到这样一封邮件:

尊敬的彭教授:

您好!

近日拜读了您与张颖教授共同撰写的《论博物民族志》一文(刊于《思想战线》2022年1月),我大感振奋。冒昧给您写这封邮件主要希望就"博物民族志"向您请教。

我之所以因您这篇文章大受鼓舞主要和我自己的研究经历有关。我毕业于牛津大学人类学专业,最近刚通过博士论文答辩。我的博士论文基于在北京的十三个月田野(调查),研究了我称为"自然观察"的一种新的城市休闲活动,这主要包括观鸟、赏花、观云、公民科学式的物种监测,等等。我认为我所描述的自然观察活动应该算是一种博物文化在城市地区的复兴。

  研究之初，我曾联系北大哲学系多年钻研博物学的刘华杰教授，请他为我指点一二。刘教授对中国博物学的发展和传承脉络做了很好的梳理工作，特别是他提出的"博物作为一种生活方式"的概念对我的研究很有帮助。但很可惜刘教授的概念建设主要还是扎根哲学领域。我在写论文做文献梳理时，意识到人类学对博物文化的关注甚少。零星几篇提到博物学的人类学研究有比如 Anna Tsing 教授关于松茸的研究，她提出博物学观察与人类学观察对多物种研究的重要性。在人类学之外，我发现倒是有不少人文地理学学者从历史角度将观鸟为代表的生态观察活动和欧洲早期盛行的博物传统联系起来。所以在我的研究中，我最终很大程度上与地理学家在对话。这令我总有一种"无枝可依"的感觉。也正因此，我对"博物民族志"产生极大的共鸣。我认为您提出的这一概念在中文人类学研究中填补了一个很重要的空白。

  我写这封邮件也是希望您能就这一概念的提出解惑一二。我非常好奇您是在怎样的契机下提出了这个概念呢？另外如果我想在国内继续博物人类学的研究，能否请您为我推荐一些您认为这一领域非常重要的已有研究？

  非常感谢您的耐心。再次感谢您的研究给我带来的启迪。祝好。

王颐姗

3月22日05:24，我回复这封邮件：

王博士：

　　信悉，即复。

　　博物民族志的提出，主要出于三个关联性原因：1.当今世界上的生态危机、生物多样性问题学科如何介入问题；2.高校现行的学科越来越细无力承担整合性的问题；3.人类学与博物学关系密切，用人类学的方式研究人类以外的生物现象有助于帮助解决和解释当今的世界问题。

　　我有关博物民族志的尝试研究近来会有一系列的文章发表。

　　刘华杰教授及其团队对博物学的梳理很重要，他的著述我也大多看了。与你同样的感受，由于他是从哲学的角度进入，无法像我们这个专业可以亲力亲为，这也是人类学研究的乐趣和实践价值。

　　我希望你往这个方向继续走下去。中国需要这样的研究。

　　我应约刚写了一篇自己研究经历的文章，发给你看看。你可以从中了解我研究的特点。

彭老师

王博士的回复（3月22日13:42）：

尊敬的彭老师：

　　您好！

非常感谢您不吝赐教并慷慨与我分享您的文章。诚如您所说,博物民族志对于在人类世关照多物种有很大的理论和实践潜力。我十分期待您关于博物民族志的后续研究,也希望自己有机会在这个新兴领域做一些小的贡献。

祝好。

王颐姗

我已知会王博士将我们的通信公开,并得到她的认允。这第四和第五件事,相隔仅仅三天。同样是博士,同样希望我提供信息,我不理一个,理会一个。何以如此?差异仅仅是:一个没有礼貌,一个有礼貌。结果是:一个交流中断,一个交流持续。非常朴素的道理。

这些事情都是近期发生在身边的小事。我这个人不太记事,特别一些令我不快的事情,我都会以我的方式把这些事情喜乐化。一般的小事是不会让我纠结的。我把这些事当成剖析的案例,原因是其具有社会普遍性。

中国是传统的礼仪之邦,中华民族是有礼貌的民族,做什么事情都要讲究礼数。古代有"五礼"之说:祭祀之事为吉礼,冠婚之事为嘉礼,宾客之事为宾礼,军旅之事为军礼,丧葬之事为凶礼。而各个行业也都有各自的礼仪、礼节和礼数。

此外,我们都是读书人,我们的先圣孔子这样告诉孩子和弟子:"不学礼,无以立"(《论语·季氏篇第十六》),难道我们就这样把祖训丢干净？

我之所以小题大做地去分析这些事情，还因为我本人曾经从人类学的角度专门研究过礼仪，会很自然地在意与礼仪相关的事务和事情。拙作《人类学仪式理论与实践》在近些年人类学、民族学研究领域的转引率名列前茅，也得以重版。

《人类学仪式理论与实践》首版和重版的封面（作者摄）

此外，我还不止一次提出相关的"咨询案"。记忆中在我的重大课题的结题中，我曾经根据要求提出相关建议，希望以国家的名义恢复和重建"国家礼仪体系"。我的理由是：世界上的任何一个国家，一旦解决了温饱问题，一旦经济得到了迅速发展，都要做一件事：文化复兴。而文化复兴的重要事务之一就是恢复礼仪。从道理上说，礼仪之邦不讲礼貌，情何以堪？理何以道？

从**策略**上说，世界上没有人不喜欢礼貌的人，所以"礼"在前,"利"在后。

从**外交**上说,不礼貌的行为会导致一个国家对另一个国家误解甚至厌恶;喜欢或不喜欢某个国家,直观的认识就来自对那个国家人的印象。印象坏了很难挽回的。我们生活中经常就是这样。

从**社交**上说,不懂礼数的人不可能给人留下好印象,没有好印象很难将关系维持下去。人生在世没有好朋友,没有好关系,如何把生活过得好?

我深知礼仪对于大国崛起的重要性。我手头也积累了一些事例,我也用心写了咨询案。可惜这些咨询案同样得到了"不礼貌"的待遇——没有任何下文,没有任何回音——石沉大海。

其实,我并不埋怨。毕竟许多事情急不得,都需要时间。

我当然也不会因为自己遇到那些不快的事情而把事情扩大化,这一代年轻人中当然也有很多很有礼貌的,很懂事的;我遇见过不少,我暖心,我舒心。

北京冬奥会刚刚结束,中国的年轻志愿者所表现出来的礼仪和礼貌,令世界人民感动。他们表现出了中华民族礼仪之邦应有的风范。

我为他们骄傲!

"智能"可把老人变得"呆傻"

"智能"可把老人变得"呆傻",这是我的观点,最近接连发生的几件事情,聊与诸君共享。

第一件事情:
前些日子,厦门大学有一位女学生病了,据说是到学校周围一个叫"猫街"(有猫博物馆、猫宠物店、猫食品店什么的,所以有这一名称)的地方去修了一下指甲,就"阳"了。我心里纳闷了很久。

于是,这些天厦大就"封"了校。

弟子闫玉教授得知了这一消息,专门打电话来对师父师母表示关心。电话中我顺口一说"这几天厦大'封'了",却因为福建普通话,说成了"厦大'疯'了"。我真不是有意的,请厦门大学原谅。弟子听着只是笑,因为她知道她的老师经常要犯这样毛病的。那没办法,福建人说普通话常常说成不普通。

这是插曲。

有了疫情,学校要求师生到学校做核酸检测。

我们进校园要靠"刷脸"。那刷脸的机器叫什么我也叫不上来,只知道把嘴脸凑到一个屏幕前,门就会打开。有点像中国古代"看面相",也许这"智能"是向我们古代的面相大师学的;差别只是,人家面相大师是"看相"的,现在智能机关是"看门"的。

可是就在那天,要让我们进校,那脸却突然"刷"不了了。

奇怪的是,太太却可以进去。因为她是家属。

这把我给弄糊涂了:家属可以进校,老师不能进校。那刷脸的玩意儿还挺挑剔。

保安是负责任的。尽管我们常常进校,相互都熟悉,但他还是不让进,只是表示同情。说是上面有指示,老师如有特殊情况要进校的,需要到所在学院报备,报备了就可以进了。

那好吧,我打电话到学院报备。学院的小秘书倒是非常认真,说此事由另外一个部门管。她就帮助打电话联系。我也就只能校门外等着。看着一拨一拨的人与我同样的遭遇,老师不能进,家属可以进。

我纳闷,这智能对老师有仇恨还是怎么的。

电话终于来了。一位相关部门负责人给我打来电话,专门做了负责任的解释。说是现在校园不安全,进行特别管理,特殊情况的要报备,报备名单由学院统一交到学校管理部门,"智能管理"才能放行。因为家属不在教职工名单中,不在管理范围,所以家属可以进。而且电话那头还表现出非常体谅和同情的态度，说我们所住的小区是"安全区"，校园现在反而不安全，所以还是建议我们不要进校的好——可是又要让我们到学校做核酸。

人工智能"看门"真有新气象：不讲关系，不走后门，只看脸面。

真是了不起，那智能机关明白一个通天的道理：天底下每一个人的"脸模子"都是唯一——就这样把你看得死死的！

结果是：我这个几十年的老师进不了学校，我太太这个家属可以进学校。真是佩服那智能的机关。

我只好到所在地街道办去做核酸。

回来的路上，我就瞎想：英国历史上曾经发生过"人砸机器运动"。为什么？异化！人造机器本来是要让人过得更好，结果却适得其反。于是：砸了算了。

刷脸机器很厉害，只是把我关在外（作者摄）

第二件事情：

2022年3月23日。

早上，边吃早餐边看电视。

中央二套的电视画面正播放两位老人面对"智能电视"的苦恼。说是原来的电视看得好好的，智能电视让他们经常看不了。三个控制器，很多的按键，大多数按键根本用不到，按键上的字又小，老人们眼又花，弄得不好也不知要怎么办，找人也不知道去哪儿找……

老人一路诉苦，央视主持人一边同情，一边把老年人在智能电视面前一筹莫展的实情"披露"出来——那架势倒有点像向公安机关"呈报案情"。

我也经常遇到这样的事情。有时出差住酒店，各种各样的电器设备，各种不同按键，也不知道要按哪一个。

智能电视真花哨，只是我们不开窍（作者摄）

有时只好叫服务员，有时干脆就不看了。自嘲：看个电视还要让人来帮助，还当大学教授，真蠢！

看着眼前的画面，联想自己的遭遇，我在想，这"智能电视"是来喜乐人的还是来烦恼人的？

我总结了，对于老人们，"智能"经常就是烦恼。

老一代或许根本不需要那么智能，他们有自己的习惯和生活。

第三件事情：

俄乌在打仗，我和太太琢磨，万一发生"世界网络战争"，网络瘫痪了，什么微信、支付宝都用不上，怎么办？

那就换一点外汇，以防万一。

我们去了厦门大学校园内的中国银行。

银行的人不多，那天下午只有三四个。有一位抱着小狗的客户坐在唯一的窗口前，在那儿很久了。倒是那只狗在他怀里很听话。它看起来有点烦，但主人不让它动，它也只好乖乖的。

还有一位老人，估计是位老教授，有位小保姆陪着他。他应该只是在机器上查一查自己卡里的信息。我看到一位银行的工作人员教他怎么弄，但他的耳朵不好，所以交流很费劲。虽然老人一直把笑挂在脸上——人家是有学问的人，但在那机器面前，他也只能露出一副无奈而"萌"的样子——他完全不会。

你想啊，又是人脸识别，又是手书签名，又是身份证，又是密码，而且这些信息要搞不止一次。对老教授来说，"萌"是他只能做出的表情。

不就是查一下信息，存取一点钱的事吗？怎么这么难。

我们也同样惨。工作人员来来回回帮助我们，那位抱狗的老师又老是办不完，我们整整等了差不多一个小时，还是遥遥无期的样子。我们决定走，明天再来。

第二天下午再次来到银行，还是又花了大约一个小时才把事情办妥。

这是怎么了，智能银行？

以前没有"智能"的时候办这种事情很快，很容易的。然而，有了"智能"以后，我们两个人用了两个下午，差不多三个小时的时间才办完。

"智能"把我们都搞傻了。

智能银行真能干，就是跟你对着干（张俞闽摄）

第四件事情：

大约两周前的一个下午，我们照例去散步。走着走着就走到了厦门大学西门外的"麦当劳"门前。也到了晚餐的时候了，于是我建议快餐一顿。

我们走进了麦当劳。

我大概有两年多没有光顾了吧。再次光顾有点紧张，因为我们已经不会点餐了。

曾经，球场上打完球，到麦当劳按照图片点个套餐，交了钱，服务员给个餐盘，端着就可以去吃了。

现在可好，智能了。先要到一台机器那里去取号，然后排队扫码点餐。在屏面上点，那界面上的字又很小。

我更加不堪，连微信支付方式都没有，太太又老花，那只好请服务员来帮忙。来了个小伙子，他也一五一十地教，只是那态

麦当劳是快餐，搞得我们很难堪（作者摄）

度很不耐烦。期间还与柜台内的小姑娘交汇了一下眼光,双方都流露出不屑。仿佛在说:"这两个老人真是麻烦。"

不就是吃个麦当劳吗?至于如此嘛。

我们终于点完,也吃完了。可是我们心里很不舒服。

故事讲完了,有没有埋怨?有的。我一点儿也不讳言。反正以上的四件事情让我们,特别是老年人们更麻烦,也很不爽。

对我们而言,那些所谓的智能、大数据我们并不怎么需要,有的完全不需要,我们经常是被迫的,在那些智能、数据面前"变傻"了。

今天的中国已经进入老龄化社会。所谓老龄化,指人口生育率降低和人均寿命延长导致在总人口中老年人的比例扩大。这提醒人们,今天的智能产品需要尽可能照顾到老年人。那些什么高科技其实与老年人们的关系并不那么密切,他们已经习惯了过去的生活。要原谅他们,更要体谅他们。

对人类而言,"老"是一种生命状态。人只要不夭折,都有老年的时光。甲骨文里的"老",是一个手持拐杖的长发老人形象。《说文》解释:"老,考也。七十曰老",意思是人到七十岁可以称"老"。年纪大的人富有经验,办事稳重,因此"老"也引申为老练、稳重等意思。

为什么一直以来人们把老年人作为智者的化

甲骨文"老"

身？就是因为他们经历了各种各样的事情，懂得各种各样的道理。所以，在传统的社会里，老年人大多备受尊敬。

人类学在研究部落社会时发现，那些酋长、首领、寨老与巫师都由老年人充当，为什么？因为他们是长者，拥有过去的"智能"。

现在可好，"智能"显示出"智慧"的态势，活生生地把那些传统的"智者"赶出了历史舞台；那些老人的经验智慧，全都在年轻人的"摆渡（百度）"中化为乌有；更有甚者，还把老人变成了"呆傻"。

老人当然会呈现老态，这也是人的常态，所有的人都要经历，很公平。从生理上看，老年人的身体器官日趋老化，动作缓慢；从心理上看，老年人倾向于向后看，回忆过往，不愿意向前看。人类社会也一样。

现在可好，智能的那些机器要把生活过得像鬼在后面追一样，那老年人怎么受得了？活生生把他们变成了"呆瓜"。

从生活上看，老年人原本就显得"无助"，需要拄拐杖，需要帮助和照顾。

现在可好，在智能面前，老年人要不断进取，掌握新技能，操弄各种各样的器械、键盘、界面，有的还要手脚并用，还要求记那么多的数字，什么密码、账号。老年人本来已经开始健忘，这不要老人家的命吗？都说什么"人工智能"，结果却是"人工害人"。

难怪骗子最喜欢做两件事：拐小孩、骗老人。

其实，任何社会的发展与转型背后都不应是单向的价值，否则一定会导致异化。人工智能、机器人这些高科技成果会把人类社会带往何处，我们不得而知。但其高速发展显然已对人类的工作、婚姻、家庭、生活、伦理等产生了巨大影响，这到底是好还是坏，不好说。地球上的人类将来会走到哪里去？这是一个问题。现在的大数据有没有预估，如果发生网络战争，智能战争，会给人类社会造成多大的损失？人类会不会加速毁灭？

异化！一个巨大的异化时代或已到来。人工智能已不是简单的技术问题，还涉及人性、人道、人权诸问题。

话说回来，虽然我们无法阻止智能时代的到来，可是我们可以期待一种更符合老龄化社会的"温馨智能"——一些功能简单、节律缓慢、符合老人的"产品"出现。

# 生物中的文化

进化中的退化

大家都听说过进化,耳熟却不能详。"进化"是相对"退化"而言的;好像"进步"相对"落后"而言一样。有进化就一定有退化。比如,今天的人爱动脑,就少动体,身体就退化了,所以鼓励大家多运动,说"生命在于运动"。人类的祖先不需要这样的鼓励,他们天天在运动,身体"倍儿棒"。有的时候,进化中还会倒退,比如人类就有所谓的"返祖现象",表现出祖先所具有的生理性状——最为典型的是毛多得像猫狗。进化还包含各种不同的可能性,特别是在社会进化方面,有人说是"进步",有人却说是"倒退"。

"进化"原来是生物学概念,后来被引入社会历史领域,就有了"进步"的内涵。"我们的生活一天比一天好",这是宣传口号,没问题的。我们也可以说人类社会越来越进步,也没问题的。可是,与我们一起生活在这个星球上的其他动物的命运却越来越糟,许多种群因为人类生活得越来越好而灭绝,或濒临灭绝。说这话的不是我，是联合国。一听那口气就是联合国的口气——大得骇人！

这些年，生物多样性成了一个世界性话题。联合国"人与生物圈计划"（MAB Programme）甚至套上了莎士比亚悲剧《哈姆雷特》中的警句："是生存还是毁灭，这是一个问题"（To be or not to be, that's a question）：

> 生物多样性为人类生存发展提供非常重要的基础，包括提供食物、清洁水、药物以及防灾，然而，现在人与自然的关系越来越紧张，主要表现为物种灭绝，气候变化和新冠感染。生物多样性丧失将严重影响到可持续发展和人类福祉的实现。

乍一听这样的话，我们会有点"蒙圈"，不是发展得好好的，怎么说"危机"就危机了？仿佛幸福之中冷不丁就来了一场噩梦。

人类常被两种思路裹挟，要么正面宣传，宣扬越来越好，吹捧自己，宛如明天就要上天堂；要么就说世界末日快到了，预测哪一年哪一天，有鼻子有眼的，仿佛明天就要下地狱。于是不少人遵循"我死后哪管洪水滔天"——法国国王路易十五留给这世界最不负责的名言，而伟大的科学家霍金则预测2032年是世界末日——按照他的说法人类都没有几年可过了！

专家正襟危坐给出数据，发表在权威刊物《国家地理杂志》

(*National Geographic Magazine*)上,不怕你不信:

全世界每天有75个物种灭绝,每小时有3个物种灭绝。美国生物学家斯图亚特·皮姆甚至认为,如果物种以这样的速度减少下去,到2050年,目前世界上有四分之一到一半的物种将灭绝或濒临灭绝。

说这话的是科学家,用的是科学实验的大数据,显然不会是乱说。看来联合国的红灯警告真不是吓唬人的。

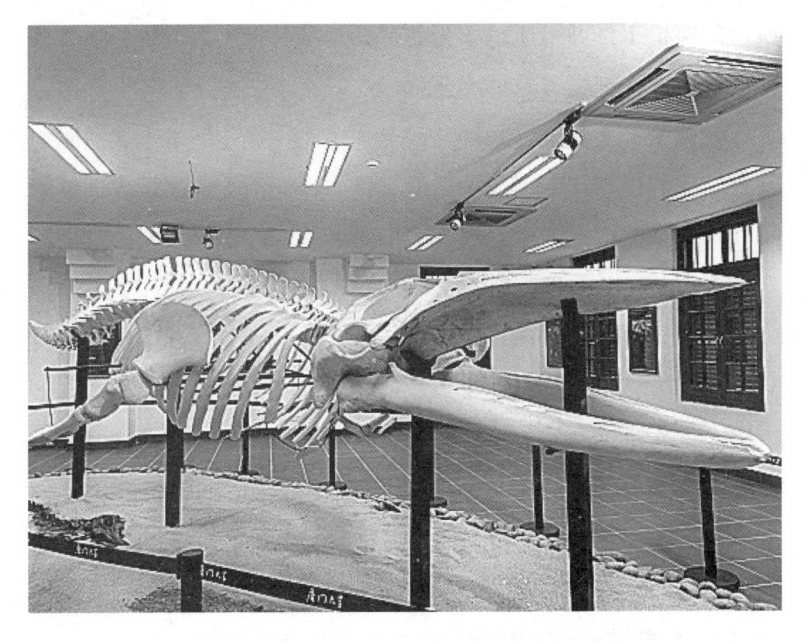

濒临灭绝的长翅鲸骨骸,厦门大学生物博物馆藏(作者摄)

本人甚至还想添油加醋：联合国强调**生物多样性**面临危机还不够，应该同时强调**文化多样性**也面临危机。我告诉大家，现在世界上文化多样性消失的速度比生物多样性消失的速度一定还要吓人。联合国把"看得见"与"看不见"分别对待，把"有形"与"无形"按等级划分，这不公平。就像我们今天保护大熊猫、藏羚羊等，都是根据生物多样性危机而提出的对策。这些当然是应该的，但却是不够的。其实人类每天也有大量的文化在消失或濒临灭绝，只是联合国似乎并没有把文化当作"物种"对待，似乎文化不是"物种"就暂时不需要预警。

但也说一句公道话，联合国有关文化遗产，包括非物质文化遗产的保护工作做得还是不错的，只是没有像生态危机、生物多样性危机那样把警钟敲得那么急。

我以为，文化也是物种。何况"生物—文化"本来无法隔绝开来。我们试想一下，如果人类文化多样性消失，那世界还精彩吗？肯定是无聊至极，人都成了机器人。

看来"进化—退化"真是要合在一起说才行。

人类（man-kind）作为一个生物物种，喊了三百年的进化口号，但其实，当年连达尔文在《物种起源》中都没能给"物种"下定义，甚至连为其下定义的努力都放弃了。怎么会这样？一个一生研究生物物种的伟大生物学家，竟然连"物种"的定义都下不了。而读者了解到以下的事情或许也会感到同样吃惊："文化人类学"是专门研究"文化"的，可是三百年来竟然没有一个"文化"的共识定义。其实，百家争鸣原来就是这样，这正是科学所追求的价值,即尽可能多的可能性。

达尔文研究物种却不做定义,表面上很荒谬,实际却最为认真。因为"进化"就是"变化"的意思,按我们在学校里"背书"的传统,定义就是以概念的形式固定下来,不可以变来变去,一个不断变化的东西要我怎么下定义。所以达尔文干脆就不给定义了。

今天的人们都知道进化论已然成为达尔文生物学的标识,但其实并不全是。这一概念曾有过历史纠葛,意思也一直在变。"进化"（evolution）,德文、英文、法文都使用这一单词,但历史上的内涵却不一致。在19世纪,英、法、德都出现了伟大的博物学家,包括达尔文、拉马克（Jean-Baptiste Lamarck）、海克尔（Errist Haeckel）,他们开始并没有使用"进化"一词。英国的达尔文使用"带有饰变的由来"（descent with modification）,法国的拉马克用的是"转形"（transformisme）,德国的海克尔则爱用"递变理论"（transmutations theory）。也就是说,他们都试图避开使用"进化"这一概念,原因是早在1744年,德国生物学家哈勒（Albrecht von Haller）就发明了"进化"一词,用在他的胚胎理论中。而哈勒在选择这一概念时非常小心,因为拉丁文evolver的原义是"展示",而他的理论则指胚胎由卵或精子中预先存在的微小个体发育而来。后来达尔文所使用的"进化"与哈勒的不同,它指的是"表现出一个事件序列中的规则顺序"。

这一段历史掌故告诉人们,"进化"的概念和内涵主要由历史所赋予的价值来决定,哪怕是某一位学者提出的一个概念,也要接受历史不断的解释和考验。

不过,普通百姓在"科普"层面对"进化"的兴趣点主要集中在:人类究竟是怎样从猴子变成人的?似乎达尔文在《物种起源》中并没有给出令人信服的答案,特别是对于"人类是怎样从古猿进化而来"这一问题没有给出直接的证据。生物界最有代表性的观点,是"直立姿态"使古猿"进化"成为人。如果真是那样,证据又是什么?达尔文在1828年出面澄清:直立姿势是大脑高度发展的结果,人类与其他动物之间的所有差异都是缘于大脑的构造不同。围绕着这一问题,人类学家、生物学家进行了讨论,在其后的一百多年中,学者们大多都还纠结于"直立人"的问题,各种观点都有。

即使到了今天,对这一伟大的进化理论的争论仍处于无休止状态,其中有一个重要的原因:上帝创造人类的时候就是"那个样子",不会变来变去,没有什么进化问题。这也是上帝造人/猴子变人的战争一直没完没了地打个不停的根本原因。哪怕是双方拿出相同的"证据",结论仍然可以截然相反。

"进化"的历史之所以会产生和发生那么大的分歧,一个根本的原因是不同的历史情形,也就是我们常说的语境造成的。不同的语境做不同的事情,讲不同的话语;就像我们今天讲不出古人讲的话一样。

人类在历史过程中所面对的自然现象基本上没有什么变化,可人类的看法和态度却发生着巨大的变化。而今人类所遭遇到的生态危机与人类自身的这些观点存在着必然的关系。粗算起来,大致经历过四个阶段：

早期自然观

原始时期，人类认为自然是一个运动不息、充满活力的世界，这个世界不仅像人的生命一样是活的，而且也像人一样充满智慧。所以，世界上几乎所有的原始神话中的自然现象，比如雷、电等，都被描绘成像人一样。在那个世界中，生命是交互的，你中有我，我中有你，是无数的生物种群共同生活在一起的生命共同体。所以有"交感"（sympathia，交互感应），有"同情"（sympathy，我同你情，你同我情），形成了"交响"（symphony，表示一起发声）。"交感—同情—交响"在词语上同根，人类学家把这种现象称为"交感现象"。"图腾"就是这种"同情—交感"的产物。

人类社会的图腾现象到今天仍然活跃。比如我们中国人今天还说自己是"龙的传人"。从生物学角度看，世界上并没有"龙"这样一种生物物种，既然天底下都没有"龙"怎么还能"传人"，那不荒谬吗？可是，咱中国人就是相信，你管得着吗？"龙"对中华民族具有图腾意义，这也是为什么古代的皇帝都说自己是"真龙天子"。

曾几何时，远古时代的人类是何等渺小——人类不仅自视渺小，而且确实渺小。自然在他们面前是何等巨大的威力、威慑和威胁：电闪雷鸣，狂风暴雨，山呼海啸，天崩地裂……于是，人类建构了一个庞大的神话体系，其实原始"神话"的基本表述就是把自然"神化"，因为自然的可怕和人类的害怕，所以神话中最大的"神"大多是表现具有自然威力的神。比如古希腊神话中最大的神宙斯，是雷霆之神，也是天神；波赛冬为海神，掌管海洋。

神话是人类"原始思维"（也称神话思维、前逻辑思维）的产物。原始思维有一个特点，就是交感，而且经常与巫术结合在一起。英国早期有一位人类学家弗雷泽（James George Frazer），他在《金枝》中总结了交感巫术（sympathetic magic）的两种基本规律：相似律（law of similarity）与接触律（law of contact）。巫术就是根据这些原理发展起来的。

加拿大印第安人的图腾柱（作者摄）

原始思维的交感特征也被表示为"互渗"。有一位名叫布留尔（Lucien Lévybruhl）的法国人类学家写了一本书叫《原始思维》，其中的关键词就是"互渗"，它是participation（法语、英语都一样）的中文翻译，基本的意思就是"我（人类）"与其他世间事物互为你我——你中有我，我中有你。在原始时代，人类与其他生物都处在同一个层面，人类并没有高于其他的生物种群，人类常常把某些生物物种（比如动物、植物）或自然之物（比如山、石等）视为"亲属"，通俗地说就是有亲戚关系，这就是所谓的图腾。"图腾"是印第安人的方言，意思就是我们的"亲属"。人们将那些特定的动物、植物当作自己同根同源的亲属，用今天的话说就是，大家都是一家人，是一个"生命共同体"。

图腾现象在世界上曾经非常普遍，成为人类学研究原始与远古人类群体重要的文化现象。我国几乎所有民族、族群及地方群体都存在延续至今的泛图腾崇拜现象。"图腾制度"也因此成为

我在佤寨参加祭牛仪式（李哲摄）

人类学研究原住民社会制度重要的切入口——考察特定族群与图腾之间的关系。人类早期社会中的图腾现象有一个明确的特性：人与生物之间建立相互信任、友好的纽带关系，并由此建立起相应的社会制度。目前我国西南少数民族中仍然遗存着大量"图腾因子"。

人类学有大量相关的民族志材料证明，"交感""互渗"以及所有的图腾制度皆以"生命一体化"的平等相待原则为前提，人在其中并没有被赋予突出的地位。也就是说，那个时代的人类与其他生物是平等的、友好的，人类不是"宇宙的精华，万物的灵长"，也没有什么"以人为本"。

我们相信，那样的时代不会出现生态危机以及生物多样性危机，因为人类与自然物种之间和平相处，互惠互利，也就是学术上所说的"共生现象"（Symbiosis）：不同的物种彼此关联，互为你我，相互包容。

这样看起来，那个时候人与自然的关系是友好的、健康的。而今天的人与自然关系出了大问题。所以，从历史的眼光看，人与自然的关系——不是进步，是退步。

近代自然观

近代自然观有一个明显的特点，就是以"机械"的观点来看待自然。机械论的自然观在古代就有萌芽，比如古希腊人们将自然视为由某种基本物质组成（原子论）。而"机械论"的真正成型与文艺复兴，特别是近代科学革命有关。这种自然观认为：自然界既没有理智也没有生命，没有能力理性地操纵自身运动，更不可能自我运动。自然界不再是一个有机的生命体，而是一台机器。特别是16世纪工业革命时期，类似的观点更是成为常识融入百姓生活。

创造和使用机械的经验已经成为欧洲人一般意识中的一部分，形成了机械的自然观：上帝之于自然，就如同钟表匠或水车设计者之于钟表或水车一样，上帝不仅创造了人，还创造了其他非人类事物。

机械的自然观在19世纪后半叶受到挑战，20世纪初渐趋衰微。学者们开始认识到，我们社会的生态危机正是根源于"人类自我中心主义"。

我们都知道，英国历史上曾经发生过"砸毁机器运动"。说的是在工业革命初期，大批传统手工业者被工业机器替代而失业。那工人们就想了，这些机器本来是我们制造出来减轻工作的负担的，现在好了，机器不仅没能让我们减轻负担，反而加重了。这还了得，于是工人们掀起砸烂工厂、抵制机器制造的运动。相传，这场运动始于莱斯特郡一个名叫卢德的工人，因此也称"卢德运动"。

欧洲在科学快速发展的同时，也不断出现"返回自然"的思潮甚至运动。人们发现，工业革命、机械运动、科技发展让人类离自然越来越远。所以，人类越是向前快走，也就出现了越来越向后看的趋向。人类学甚至出现了"今不是昔"的隐隐担忧。

进化中的退化　087

我也相信，人类一定会再一次掀起"返回自然"运动。因为，现在的芯片技术、人工智能远比当年的机械猖狂、疯狂得多，人类社会出现了空前的"异化"，这种异化一定会让人类重新思考人与自然的关系。

现代自然观

以达尔文进化论为代表的进化自然观，认为自然界中的一切事物都处在不断的变化状态之中，但这种变化是渐进的，不是循环的。所以"渐进论"与"循环论"也就发生了冲突。

随着历史的推进，人类饕餮欲望的狰狞面目越来越显现，进而要"提速"渐进的自然观，认为那样的发展太慢了。所以现代自然观也就逐渐背离了渐进的原则，而以经济学原则替代之。其实，今日之世界，就是建立在一套"匮乏经济学"的自然观之上的。这种自然观是一种在支配自然的同时也支配人的理性观念，构成了现代资本主义合法性的基础。人类把自然作为一种"资源"，并以对自己价值利用的高低来评定：对人类使用价值高的就进行保护，以便能持续性利用；对人类没有利用价值的就忽略。与之相应的，我们可以在当今的生活中清晰地瞥见"匮乏经济学"——利益至上原则的政治学身影。可是，那些自然资源，比如煤、石油、天然气等总会有耗尽的那一天吧，到那时怎么办？这种道理难道人们不知道？当然是知道的。

在这种理念下，人们发展出一套非常细致的全球生态系统价值评估体系。其中由康世坦（Robert Costanza）等人创立的很有名，它将全球生态系统分为17类子生态系统，之后采用或构造了物质量评价法、能值分析法、市场价值法、机会成本法、影子价格法、影子工程法、费用分析法、防护费用法、恢复费用法、人力资本法、资产价值法、旅行费用法、条件价值法等一系列方法分别对每一类子生态系统进行评估，最后进行总量运算，计算出全球生态系统每年能够产生的服务价值。这些方法和数据被学界，尤其是可持续性发展论者大量引用。

当代自然观

面临经济发展与生态危机的两难困境，人类开始反思对自然的态度，进而形成了一种自觉的反思潮流。这场思潮的核心是"生态伦理"和"可持续性"。为了人类（作为一个整体的类，而不仅仅是某些国家、族群、阶层的"人群"）的生存，我们必须"发现"并尊重自然界生态系统本身的权力，寻求一种双赢（win-win）的生存之道，也就是我们常挂在嘴边的"可持续性发展"。

今天，"人类与自然是何种关系"这一本体论问题仍处在持续的争议之中，而争议一直没有离开人类最关心的问题：我是谁？我从哪里来？我到哪里去？法国画家高更有一幅油画的标题就是以这三个问句为题，成为不朽的世界名画。画中包含着对人类自身来源的独特思索，以及生命成长的复杂过程，也反映出画家个人对生命意义的理解。似乎在告诉我们：人类应当好自为之。

高更的名画：我们从哪里来？我们是谁？我们到哪里去？

说起来，"进化论"是人类对自身来源迷茫和困惑中的一束解答之光。它是终极性的，又是时段性的——因为在不同时期人类"聚焦"自然的视点一直变化着：

- 自然中心（nature-centrism）：服从自然的至高权威，遵从自然规律，以自然为原则，并成为人类行为、价值、观念的出发点。
- 人类中心（anthropo-centrism）：以人类的利益和权力为中心，以"以人为本"作为社会的圭臬。
- 生物中心（bio-centrism）：以生物（此间也有不同的尊重范围）的权利为中心。
- 生态中心（eco-centrism）：以地球生态实体（群落、生态系）或（和）过程（生态过程、自然择汰）为中心。

对大多数人来说，"进化"原来只是生物学领域的一个概念,后来被人们移植到了社会历史领域,附加上了"进步发展"的意思。今天人类面临生态危机,生物多样性受到空前的威胁,我们才突然发现,进化—退化是一个概念共同体。进化中也存在退化现象;否则生态怎么会出现危机?生物多样性怎么濒临险境?

我们今天阐明"进化—退化"这一组对应关系,旨在提醒我们:人类不可过于自大,否则会自找麻烦,最严重的情况是:自我毁灭!

"湿地命题"怎么解？

人类学讨论农业，也涉及"进化"问题。大致的表述逻辑是这样：水是生命之源，人类的生存离不开粮食，粮食需要水的灌溉，于是有了农业，农业使得人口聚集、定居，并形成了城市，还催生了国家。而农业的产生是因为人类学会了栽培驯化，所以被认为相对此前的狩猎采集是"进化—进步"。这也成为学术界的一个共识：

河水—灌溉—农业—定居—城市—国家

这种表述逻辑似乎也与我国古代国家的生成表述很相似。《尚书·禹贡》记载：

治水—中邦（中国）—九州—五服—贡献—赋税

《尚书》中的《禹贡》《洪范》两个篇章为我们描绘了早期

的国家形制。具体地说就是大禹疏通河道，确立帝都为中邦（中国的原型），然后画了一个两千五百里的大圆圈，每五百里为一"服"，共"五服"，并在此基础上建立"贡献"制度。

什么是"贡"？简单地说，就是提供粮食；"服"，简单地说，就是提供服务。用今天的话来说，指"用粮食作为贡献来为国家提供服务"。《尚书·禹贡》这样说："五百里甸服：百里赋纳总，二百里纳铚，三百里纳秸服，四百里粟，五百里米。"大意是说靠近帝都王城的一百里区域，提供整捆连穗带秸的粮食作为纳税；二百里以内缴纳的禾穗，秸秆不需要；三百里以内缴纳去了秸芒的穗；四百里以内缴纳带壳的谷粒；五百里以内缴纳去了壳的米粒。也就是说，贡献的粮食要与中邦的距离相匹配，还要适合运输条件。

这也是从古贯穿至今的"税"——老百姓用粮食"禾"去"兑"赋役。我们今天还用这个字，只是现在的人以交钱的方式赋税，成为所谓的"纳税人"。

对水的把握程度成了农业革命的关键。这方面埃及文明无疑是人类古代文明的典型代表——尼罗河满足了农业浇灌，最终造就了国家。

具体的情况是：尼罗河每年六月上涨，七月河水泛滥，并延续到九月，十二月河水退却，年复一年，周而复始。尼罗河水泛滥时带来大量肥沃的泥土，土壤进行自然更新。而水资源又为灌溉提供了便利，保证了农业丰产。

人类学把这种模式称为"洪退式农耕",这也是人类历史上最早出现的一种农业形式,今天仍然很普遍。按照这一线索推演,古代的四大文明都以河流(尼罗河、两河、恒河、黄河)来命名,也就不足为奇了。

近来有人类学家对这一"主流观点"提出了强烈的质疑,其中,对水的人工利用(灌溉)和水的自然汇集(湿地)的形态差异,成了人类学看待国家生成的一个重要分野。以人类学家詹姆斯·斯科特(James C. Scott)为代表(James C. Scott, *Against the Grain: A Deep History of the Earliest States*, 2017年由耶鲁大学出版社出版。2019年中国台湾由麦田出版社出版,翁德明译,书名为《反谷》。2022年中国大陆由中国政法大学出版社出版,田雷译,书名为《作茧自缚》),认为原始农业起源于湿地而非灌溉,即提出所谓"湿地命题"。

湿地命题有没有道理?那得具体分析,可能在有些地方有道理,有些地方不那么有道理,有些地方没什么道理,但有一点一定有道理,那就是不应该把农业当成历史的刻板和教条。黄河文明和尼罗河文明不一样,虽然都属于古代的"河流

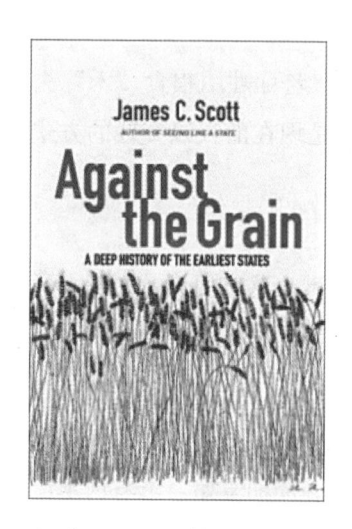

Against the Grain 封面。谷物成了"黑色",不是幽默是苦涩(作者摄)

文明"，但黄河文明不属于"洪退式农耕"。黄河的主干河流因为湍急、含沙大，难以被直接用于农耕，黄河流域的主要农耕形式和形态，我称为"汭形态"。

"汭"，指河流弯曲之地。在河流弯曲的地带，水中泥沙由于流速不均匀而沉积，会形成肥沃的土地，造成面积越来越大的平原。中国先民在居住上选择了"汭"地带，以利于交通、耕种、渔猎。"汭"也可引申为"水滨"，就是居住在河畔处所。这说明即使是古代的"河流文明"，也是不一样的。

不会有人怀疑农业是一个历史过程，也是一个历史事实。世界上的人都离不开农业生产：没有粮食，人活不了。但现在学术界讨论的焦点不是要不要农业，而是农业怎么生成这一问题。今天的人们习惯上称"农业革命"。一般认为由于人类掌握了栽培驯化的技术，学会了水利灌溉的本领，产生了农业生产模式，进而导致国家形成。按照这个逻辑推演：国家主要是一种农业现象。

斯科特对上述主流观点也提出了质疑，他研究认为，栽培与驯化各自经历了长久的历史过程，二者相差长达四千年，因此，把二者放在一起解释"农业革命"完全是"天方夜谭"。

2000年10月，浙江省文物考古部门发现了上山遗址，这一遗址属于新石器时代早期，距今已有一万年。对上山遗址的发掘研究表明，那时已出现了聚落定居和水稻种植，还会用石磨棒和石磨盘磨稻谷脱壳。但"上山遗址"似乎与传统的"农业革命"论调又有不符。原因是：上山遗址分布于河谷盆地边缘的山前台地。

有关农业起源的问题历来扑朔迷离，近些年历史学、人类学出现了不少反思意见，这些意见有一个共识：如果要对国家起源的主导观点有不同见解，绕不过对所谓农业革命的重新解释。

　　在所有这些对农业革命的质疑声中，最具挑衅性的观点出现在以色列学者赫拉利（Yuval noah harari）的《人类简史》中。他认为，农业革命建构了大规模的政治和社会制度，而农民一年辛苦劳动的收获大部分都被征收抢光；正是这些征收来的粮食养活一小撮政客和社会精英。基于此，他对农业革命所带来的历史变迁几乎给予全盘否定，甚至称之为"史上最大的骗局"。

　　虽然"骗局"的说法有"故作惊人之句"的嫌疑，但其中有一个观点可以成立，这就是：产业越是发展，人类越是辛苦。这事实上对进化论也是挑战。持类似观点的人还不少，比如澳大利亚历史学教授大卫·克里斯蒂安（David Christian）在《极简人类史》中就注意到，一些采集狩猎者早已知晓农业却仍然坚持原来的生活方式。就是说，其实人类早就发明了农业，可是那些采集狩猎部落就是不跟进。今天世界上仍有这样的部落，"农业进步说"因此受到质疑。

　　当然，也有人对农业革命大加赞扬，其中一个具有代表性的观点就认为，人群定居和农业革命给人类带来了"财产"，即所谓"财产论"。比如剑桥大学的历史学家彼得·甘西（Peter Garnsey）就认为，凡是历史上重大的变革都会带给人类伟大的进步，农业革命使得农业经济达到了高峰，特别是承认了财产，这一"最初的正义法则"得以确立，结果是：耕作者自己劳动的果实被当作财物得以保存。

这里出现了对"财产"认识和评判的不同声音,有些人认为财产是宝贝,有些人认为财产是毒药,有些人认为财产既是宝贝又是毒药。如果把对财产的占有和囤积置于人权范畴的话,那么,财产越多,社会就越进步;但如果财产导致了不劳而获阶层的出现,加重这些阶层对其他群体的残酷剥削和压迫,或加剧了这些阶层对自然资源的占有和耗损,财产就值得商榷。

相对而言,中国学者对此持比较平和的观点。比如人类学家李济认为,文明形态的交替并不是简单的、决然的。作为常识,农耕文明之先尚有采集狩猎阶段,而采集狩猎阶段与农耕文明阶段的交替并不是泾渭分明的,二者存在历史性的交错。他以中国的例子加以说明:比如在商代,狩猎成风,却已进入农业阶段。我国考古人类学家在安阳考古发掘中发现狩猎时代的遗存与农耕文明遗存同时并存的大量材料,比如稻米的种植、水牛的耕作等。因此,如果非要使用"革命"一词的话,那么,它是一个极其漫长的、渐进式的、融合性的关系和过程,而且"你中有我,我中有你"。

讨论农业,必然会关注农作物,于是"谷"(grain)成了一个重要的讨论话题。斯科特试图用史前美索布达米亚的材料证明,将谷类作物的栽培视为永久性定居生活(因此包括城镇、都市和文明出现)的基本前提有问题。一般来说,狩猎和采集代表人口的高移动性和高分散性,定居生活是不可能符合那要求的。但按照斯科特的观点,定居生活早在开始栽培谷物和驯养牲畜之前便出现了，只是我们的祖先在采集狩猎时期并不选择农业，但他们却选择了定居方式。也就是说，没有农业也可以定居。主流观点认为"谷物造就国家"，国家的专制正是通过谷物来进行的。但斯科特反对这一点观点，所以，他也一直鼓吹"无国家""无政府"，还以Zomia（无政府地带）为例证。

因此，就农业的起源问题，斯科特提出了湿地命题——它可以解释人们不必通过农业也能够生存，也有自然食物，也能够定居。那么，"国家生成"也就有了另一种历史存在的理由。也就是说，如果湿地真的可以形成物种汇集并形成食物链，那么，水利灌溉—栽培驯化的"农业起源论"便不足以成为历史公论了。

如果这种判定可以成立，中国的农业起源也就多了一种可能性，多了一种解释。"黄河文明—长江文明"也就出现了新的解释可能性。这意味着，对中华民族多元一体的解释也是"多元一体"的。

我对湿地的关注不仅仅限于农业—灌溉—国家的生成话题。我也关注，甚至可以说更关注生态—生物—生命的话题。

2022年暑期，我和太太像往年一样到贵州度假。说来也怪，我在贵州待了那么长的时间，离开后还是每年都要去，但几十年下来却没有去过威宁的草海。那是一个有名的湖泊型湿地，弟子闫玉安排了一次草海之行，弟子春艳陪同，了却了我几十年心中的缺憾。

此次前往让我有意识地参与了解：草海湿地是否有机会、有能力提供足够的食物链来"养活"生物种群；我也想看看斯科特的观点在贵州草海是否有解释的机会。我让弟子们去了解一下当地族群（包括汉族、彝族、布依族等）是否有靠湿地生存和生活的记录（比如神话传说、口述故事、器物遗存、仪式形制、表演方式、民俗活动等）。

贵州威宁草海湿地（杨春艳摄）

厦门五缘湾湿地公园（李哲摄）

福州湿地公园（孔旭红摄）

如果对"湿地命题"进行更深入的研究，我的思路是这样的：我国当下正在进行生态保护的宣传工作，一些行动、工程也加速跟进，其中包括恢复湿地工程。众所周知，我国曾经在解放后的一段时间里，将许多湿地改造成农田。近年来在生态保护以及生物多样性保护的行动之下，全国范围内一些湿地得以修复，许多珍稀生物物种都陆续栖息到湿地去了。

可是，我们仍然缺乏对湿地的深入研究。具体地说，对于"生态保护""生物多样性保护"宣传口号之下整体关系的介入性研究仍然缺失，其中涉及专业和专科的协作更是缺乏。

比如，我们一方面很高兴地看到，近些年像鸟类研究、鱼类研究、红树林研究等都随之兴起，科普和研学也在跟进。但以我目之所及几个湿地公园和湿地博物馆，却鲜见对湿地整体重要性的强调。

依我之见，如果湿地保护及恢复与生态修复、生物多样性有关，那么，这一关联性的强调将不仅仅局限于对生态—生物—

生命危机的解释。生态—生物—生命危机的根源在于食物链断裂（许多生物物种灭绝或濒临灭绝），因此，恢复湿地也就成为食物链重新链接的一个关键性工程，这也是为什么我们可以在湿地看到那么多的生物物种重新出现和聚集的原因。而如果这个判断无误，单一性学科和专业的研究就显得不够，我们需要呼唤新博物学（侧重关注物种之间关系）的出现，人类学学科也将从社会历史角度对此进行更丰富的探讨和研究。

人类需要自我救赎

近来读美国作家萨斯曼（Rachel Sussman）的《世界上最老最老的生命》（北京大学出版社2016年版），感慨于奥布列斯特为此书所写"序言"中的警句：

> 最近，约翰·布罗克曼在他主持的"年度前沿问题"中问我："我们应该担心些什么？"我回答是：灭绝。
> 今天，我们正面临着灭绝的许多方面，比如由全球化带来的文化，语言和社会多样性的灭绝，然而，影响到我们的生态系统的灭绝，是最为严重的问题之一。动物和植物物种的灭绝每天每时都在发生。今天，科学家对人类文明甚至人类这个物种本身灭绝的可能性的讨论越来越多。天文学家马丁·里斯在《我们的最后时刻》一书中问道：文明是否还能坚持过下一个百年？

这是否危言耸听？不见得。毕竟说这话的是科学家，说这话有科学根据：文明已经来到了"灭绝"的边缘。可是，我们天天都在为文明唱赞歌，这其中究竟发生了什么？让我们听听不会说话的树告诉我们生命的另一种故事。

《世界上最老最老的生命》罗列了一批分布于世界各地的植物，它们都是些长寿种类，包括巨杉、长寿松等，长寿松的寿命可高达5 000岁。还有一些寿命更长的植物，比如一种叫作"三齿团香木"的沙漠植物，寿命可达12 000岁。更有一种叫作"潘多"的颤杨树，寿命可达80 000岁。

赞叹之余我有了一个发现，这个发现与作者、序者的提示、警示相一致，那就是：这些植物之所以长寿，根本的原因是：它们远离人类！

我们知道，任何生物种类的寿命都与他们（它们）的生存环境所受到的威胁存在直接关系。说得更明白一些，所有的物种在生命过程中都会受到各种各样的威胁，如果它们越是远离威胁，它们的生命就越延续得长，也就更长寿。虽然不同物种生命长短的主要原因来自生物本身的基因，但我们这里所说的"威胁"指来自外在的，主要包括人为的和自然的两种——也就是我们在生活中经常说的"天灾人祸"。我非常吃惊地发现，那些长寿植物之所以"长寿"，有一个共同的特点，都是：避免人祸。

具体地说，这些植物的"活化石"之所以长寿，是它们生活的环境都是人迹罕至的地方。要么是在原始森林，要么是在海拔很高的地方，要么是在沙漠深处，要么是在悬崖之巅，要么是在大洋底端……反正是人类到不了，或不容易到的地方。相反，与人类相处得近，或共同生活的植物，它们的寿命大多长不到哪里。反正人类不会让它们长寿的，不管是有意还是无意。

人类成了植物长寿的最大威胁。

当然，生命总是要承受各种考验的，许多植物并不是远离了人类就能够长寿，它们也还要承受各种来自自然界的"暴戾"。但它们只要有坚强的抗暴力，就依然能够活下来，而且可以活得很长久。这或许是我们可以从植物的生命中获得的启示。那些不承受痛苦、磨难的生命也就不能长寿，逐渐灭绝了。

植物的故事提醒人类两个道理：首先，请更加善待，尽可能不要伤害与我们共处共生的生命，因为我们是一个生命共同体。其次，既然人类是其他生物种类最大的"威胁"，人类就要救赎，学会感恩，学会报答，学会善待。

给大家讲一个植物救人，人因而感恩的故事——"武夷山大红袍"。

好茶的人，喝茶的人，都知道武夷山的岩茶"大红袍"。"大红袍"的故事传诵版本有很多。曾经有一段时间，我每年都要上武夷山，还差一点在那儿买房子养老，"武夷山大红袍"的故事自然听得就很多。

介绍一个可以大致了解梗概的版本：

> 传说古代有一个穷书生进京赶考，路过武夷山时，病倒

在路上，幸得一位老和尚发现。老和尚泡了一碗从悬崖上采摘下来的茶给书生喝，他的病就好了。

后来书生金榜题名，中了状元，被皇帝招为东床驸马。为了感恩答谢，状元专门回到武夷山。他在老和尚的陪同下，来到山上，只见峭壁上三棵高大的茶树吐着一簇簇嫩芽，在阳光下闪耀。

老和尚说，去年你犯病，我就是用这种茶叶泡茶给你喝了之后好的。状元于是将皇上赐的大红袍披在茶树上。据说当他掀开大红袍时，三株茶树的芽叶在阳光下闪出红光，众人说这是大红袍染红的。状元还把那茶带回给皇帝喝。

从此，这三株茶树被人们称为"大红袍"，也成了年年岁岁的贡茶。

传说的故事"传"成怎么样不重要，无论哪个版本，有两个事实是存在的：

（1）"大红袍"古茶树生长在悬崖绝壁上，人迹难以到达。甚至还有这样的传说，每年寺僧以果为饵，驯猴子采之，所以有人称之为"猴采茶"。据史料记载，母树第一次采摘日期是5月17日，即使在最好的年份，茶叶产量也只有几百克。

（2）"大红袍"对人的身体有益处，还有药用价值。人们以自己的方式感谢这种植物，表明人类知道感恩与报恩。甚至人们还在悬崖壁镌刻上了"大红袍"三个大字。

福建武夷山大红袍岩茶"母本"长在悬崖上（作者摄）

相对而言，植物作为生物物种，对人类是最为安全的种类。虽然有些植物本身可能存在伤害人类的"因素"，比如有毒植物、有害作物等，但它们对人类可能造成的伤害基本上也都是人类自身引起的。因为，植物不会主动发起攻击，至多是"防御性"的。而植物对人类的善待、功劳却数不胜数，看看中国传统的"本草"序列，就能知道它们是如何善待人类，尤其中国人的。

难怪在远古时代，即使是现代社会的边远地方与部族都有"神树"的观念和禁忌。他们用朴素的方式颂扬那些（种）树对人类"保护"的恩情，有的甚至把树当作图腾来对待，比如苗族古歌中就有"枫树妈妈"的传唱。我数十年间在西南少数民族地区，特别是贵州做调查，许多少数民族村寨前都有"保寨树"（保护庇佑村寨）。这些例子说明，人类也曾经，现在仍有部分人群还保持着与树木同呼吸、共命运的态度。

然而，人类越是到了后来，越是往现代发展，砍树伐木的行径就越是疯狂，甚至到了树砍光、水断流、煤告罄的地步。可惜其他生物与人类没有共同语言，如果地球上有一种"全球物语"的话，它们一定会搞一个"全球公审大会"来宣判人类的罪行。

人类是伤害它们的罪人。我不是基督教徒，作为常识，还是知道《圣经》中人类原罪的故事。说的是人类始祖亚当、夏娃原来在美好的伊甸园（即"乐园"，后世用以比喻幸福美好的生活环境）中生活，因受到蛇的引诱偷吃了禁果，被上帝驱逐出伊甸园的故事。这也成为人类的"原罪"（Original sin of mankind），因此人类需要救赎。

宗教是人制造出来的。基督教的"原罪说"，其实是人类借宗教之口说给自己听，告诫自己的。

既然是罪人，就要赎罪，而且也只有靠人类自己来救赎，任何其他力量和形式都无法替代。否则结局只能是两个：一是招致大自然的毁灭方式；二是人类走向自我毁灭。

大家或许听过这样的说法，说世界上的生命都是意志的表象，而生命意志是苦难的本原，它产生于人类对欲望追求的痛苦过程。人类愈是追求，欲望就愈是膨胀，苦难也愈深重。人类因不满足而永无止境去追求的学说就是著名的"生命意志论"。

"生命意志论"是哲学家叔本华的观点，只是，在不断追求的过程中，人们没有真正去体会与人类生命共处的其他生物的感受。

人类的生命意志是否给其他生物强加了痛苦？

回答：是的。

那么，人类是否需要救赎？

回答：要的。

伊甸园里的那株"智慧之树"，也是"善恶之树"。如果常青之"树"在人类不知节制的欲望面前发出"远离人类"的呼号，那将是一个何等悲哀的故事啊！

你死我活：食物链与猪的故事

人们每天餐桌上的食物，无论荤素，从大道理上说都是"生命"。我们生活中的美食，特别是那些美味的猪、牛、羊、鸡、鸭、鹅、鱼肉，它们"生前"都是活生生的生命，被人宰杀烹饪后成了我们的食品。个中道理很残酷："我活"是建立在"你死"的基础上。我们通常不用如此残忍的词汇，而用"食物链"这样的概念——人类很善于用不同的词汇表述同样的事情和道理。百姓在生活中更常用"大鱼吃小鱼，小鱼吃虾米"这样的俚语加以形容，却不说大鱼也可能、可以成为"我们"的"菜"。

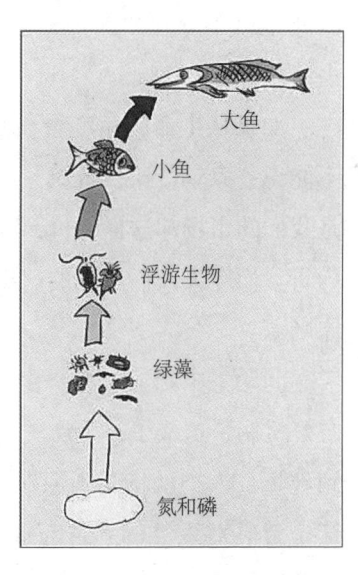

食物链：无情的生命道理（资料图）

人类在进化过程中，随着生计方式的改变，认知观念也发生了变化。比如在我们的观念中，同样食用某种动物，畜养的和野生的不仅品质不一样，而且对待方式也不同。人们大多认为养殖的家禽家畜似乎吃得天经地义；因为你是我驯养的。野生动物不是，所以有些忌讳。于是，"保护野生动物"成了当今人类社会的一个重要主题。

其实，真正的道理是：人类发现过度猎杀和食用野生动物，生态出现了危机，生物多样性出现了问题，人类自己的生存也出现了危机，所以就来保护野生动物。这道理也有点虚伪。人类学的常识告诉我们，远古人类曾经有一个"狩猎—采集"阶段，那个时候的食物都是野生的，还没有人工驯化—人工栽培的东西，因此也就不存在"保护野生动物"的问题，否则人类就活不下去了。

如果从生命的角度看，"野生—家养"都是一样的，我们总不能说"家鸡"比"野鸡"的生命更低贱吧。我们虽然不说，可是我们的市场却这样标价，因为市场执行的是经济原则：物以稀为贵。而今天人们所说的"生态—生物—生命"原则，不是市场原则。

问题集中到了一点：食物与选择是否有害于人与自然的平衡友好机制，这成了一个历史的试金石。如果这一平衡友好机制遭到破坏，人类就将受到惩罚，他们的生活、生计也就难以为继。这是自然对人类的忠告与规训。转换逻辑就成了这样的：我要活，我的活要以你的死为代价；但是，你如果死得太惨、太绝、太过，也就可能成为我活的"危机"，所以你要好好地死，要听人类安排你的死法。反正一个原则，不能同归于尽。

大自然提供万物以赐人类，在天地之间形成了包括人类自身在内的生物链条，这种道理原本很清晰，不需要特别强调。人类在漫长的历史过程中，并没有因为自己的生存造成生态不平衡，乃至于危机。特别在采集—狩猎阶段，自然界的食物链关系相对是平衡的，没有出现紧张关系。

这也是为什么有一些人类学家面对人类今天的困境，以特殊的方式表扬人类曾经的"野蛮时代"，批评现代自诩的"文明时代"。根本原因在于：当下人类的欲望膨胀到了疯狂挑战自然规律的地步，表现为对某种物品无限度地攫取，最终造成生物链条断裂而不得不重新组合，这一过程可能就会给人类带来难以预计的灾难。今天，这种担忧已经不是人类自寻烦恼，而是迫在眉睫的窘境。

当今，随着人们生活水平的提高，出现了过度贪欲，不知满足，甚至畸形地追求物质财富和感官享受的现象。过度食用野生动物就是这种畸形的表现——不仅表现为贪欲，也常表现为"炫富"。一度出现大量"食野"的现象，导致野生动物遭到没有节制地捕杀，一些与人类共同生活千万年的生物物种走向灭绝，或濒临灭绝。当然，这一过程也是灾难不断降临人间的过程。这也警告我们，人类的食物形态、饮食规约与自然生态密切关联，"食—禁食"已然上升到人类自我生存的攸关层面。

在现实生活中，饮食大致只属于某种文化系统中的日常表达。从文化角度看，饮食也呈现了"文化多样性"的叙事特征："食—不食—戒食"全局性、整体性地反映着特定历史时段的社会价值。也就是说，"吃"是一种"生理＋社会"行为，有时"吃"也可以超越生理行为的意义，成为一种人类的社会化存在。

回观人类进化史，食物的变化与人的进化紧密相连，而人的进化最重要的表现是通过食物形成对自我认知的改变。远古时代，食物与图腾制度紧密地结合在一起，食用一种植物或一种动物被认为是一种权力，也与巫术相关。当食物在图腾制度中，其动物生命与人的生命相互映射，食物也就有了"两种生命"——食物的生命和人的生命，形成了一种事实上的"关系共同体"。

在人类的进化过程中，"驯化"是一个关键的发展标志。"农业"（agriculture）的西文本义就是对动植物的驯化过程。驯化不仅惠及人类，也改变了人类的生活形态和价值观念。但我们也清楚地看到，"进化"并不完全意味沿着人与自然的平衡机制向前演进，在特定的历史时期可能出现"退化—逆化"的情形。一方面，有些时候，人类社会越发展，"人类"也就越脱离"生命共同体"的平衡机制。在这种情况下，"自然"就会站出来兼为检察官和审判官。如果在某一个历史阶段，某些特定人群违背人与自然的平衡和友好机制，则必将受到惩罚，这是**自然规约**。另一方面，人类社会也在饮食经验中确立了食与禁食的基本伦常，如果伦常受到破坏，也将受到惩罚，这是**社会规约**。自然—社会规约机制成了一种历史铁律。

在社会伦理中，"贪吃—罪恶"话题从来是人类原始神话和宗教的滥觞。在原始神话阶段，食物——特别是那些维持人类生命和生存的动植物，常常被视为自然崇拜的对象，并与图腾和禁忌制度相关联。

美国女人类学家玛丽·道格拉斯（Marry Douglas）在《洁净与危险》中对犹太教的食物体系进行了细致的研究。在以色列人眼里，有些动物是洁净的，有些则是肮脏的。洁净的是安全的，肮脏的是危险的。而区分洁净与肮脏遵循着一套原则，比如将动物的偶蹄和反刍视作一种原则，符合者便是"洁净—安全"的，相悖者便"肮脏—危险"。比如牛、绵羊和山羊同时满足偶蹄和反刍的条件，所以为中东地区的人民所喜欢甚至视为圣物；它们是洁净的，食用就是安全的。而猪虽偶蹄但不反刍，故而是肮脏的、危险的，因而戒食。

相比较而言，在中国这样以农业为主导的社会形态中，猪是最重要的动物类食物。中华文明甚至把"家—猪"同构。汉字的"家"，甲骨文"🏠"等于"冖（宀，房屋）"加上"豕（豕，猪）"。对古人来说圈养的生猪能提供食物安全感，因此畜养生猪便成了定居生活的标志。

相较于宗教戒律，在饮食分类上对"家—野"的区分往往更为我们所熟悉，其表述和实践都集中表现在"野生/家养""活的/死的"两类认知态度上：

（1）"野生"和"家养"。"野生/家养"属于特殊分类，总的来说，中国人有嗜好"野味"的偏习，野生的食物价格相比家养的、人工的食物要高出很多。这种习俗形成了一种"食物想象"。在中国的饮食体系中,"野"有一些隐晦的认知和指喻:首先,野食——特别指可食性动物,通常比人工的同类"更有活力",在口感上也比人工食物好得多。其次,中国相信"野生"的食物对身体"更补",因为野物在自然环境中生长,生性威猛。第三,对"野食"的异化,有些人的饮食"好野"之癖,甚至到了异化、异常、异态的程度。

(2)"活的"和"死的"。鲜活是指"生"的食物(比如海鲜——海边生活的人,对野生与养殖、活的与死的态度完全不一样,价格上一目了然。反映在味觉上,不少食客甚至能够品味出餐桌食物的新鲜程度——烹饪之前是活的还是死的),"吃掉"野性的、生猛的、厉害的、有力的动物,曲折地表现出人类特殊的欲望、权力和力量。人们也会在食物中附会一种经验性直觉:食物有什么特性,食用后便会助长人以同样的特性,特别是男人,阳刚威猛需要通过"生猛"食物来补充。甚至会出现一种异态的表达,比如动物之"鞭"就是男人的专用食物。

无论食用什么,站在食物链顶端的人类可以说都是幸运的,但这种幸运一旦被不自知地滥用,终将受到自然—社会法则的惩罚。美国动画片《狮子王》中有这样一段对话:

木法沙:一个国王的统治就跟太阳的起落是相同的。总有一天,太阳将会跟我一样慢慢下沉,并且在你当国王时一同上升。

辛巴：这一切都是我的吗？

木法沙：所有的一切。

辛巴：阳光能照到的所有东西！那有阴影的地方呢？

木法沙：那在我们的国度之外，你绝不可以去那个地方。

辛巴：我以为国王可以随心所欲呀！

木法沙：你错了，国王也不能凡事随心所欲。

辛巴：不能吗？

木法沙：世界上所有的生命都在微妙的平衡中生存。身为国王，你不但要了解还要去尊重所有的生命，包括爬行的蚂蚁和跳跃的羚羊。

辛巴：但是，爸……我们不是吃羚羊吗？

木法沙：是呀，我来跟你解释一下。我们死后呢，身体会成为草，而羚羊是吃草的。所以在这个生命圈里面都是互相有关联的。

人们借"狮子王"之口，表明地球上所有生物物种都无法独立生存，他们都只是生物链条中的一环，人也不例外。人类与其他生物之间的关系是共生关系（symbiosis）。只有共生共荣，而非你死我活，这种关系才能长久。

狗肉能不能吃？

狗肉能不能吃？提这样的问题有风险。一些爱狗人士听了，必定会触及他们的神经，一些脾气暴躁的人可能要拿起棍棒飞奔前来问罪。

不过，请那些要操棍棒追打的人士先莫激动。提出这个问题的我也是爱狗人士。我也养过狗。那是早年在贵州的时候，我们一家三口刚到贵州，一个周末到花溪菜市场买菜，看到一只小土狗，一家人都喜欢，女儿更是干脆抱着就不放下。于是就买回了家，给它取名叫Cash。从此Cash的狗名还成了我们家的"名字遗产"——只要养狗，就取名Cash，好像这一辈子缺钱还是怎么的。

在贵州的日子，那Cash就这样一直相伴着我们。晚上它就睡在我的床下，更有意思的是它好像也成了我的"闹钟"，每天早上6点，它就用它的小爪子在我的枕边挠，告诉我要起床了，要带它出去了。几年如一日。Cash就这样成了我们家里的成员，它离不开我们，我们也离不开它。

　　它虽是土狗，品种也不高贵，但它忠诚，朴素，通达，尽职。该是狗要做的事情，它都履职。有一天晚上，我和太太带着它在贵州大学里"遛"，我们故意躲了起来，看它的反应。当它回过头没有看到我们的时候，它的那个着急，又是到处找，又是发出"嘤嘤"的声音——它怕被遗弃，怕我们不要它，怕被人杀了吃。

　　后来，Cash真就遭受了这样的命运——我们真的不要它了——但不是我们残酷，而是因为我们要调离贵州回福建工作。那个年代狗是上不了飞机的，于是只好把Cash送给了一位朋友。

　　后来听说Cash被人杀了吃了。

　　我们一家人的心都痛。女儿只要一说到它，就哭。所以我们很长时间都保持沉默，也保持默契，不说起，不提及。

　　或许是补偿当年无法把Cash带回福建，或许也包含一些纪念的意味，女儿后来长大了，到加拿大读书，她做的第一件生活中的"大事"就是养了一只狗，雪纳瑞。她把那狗取名为Cash，我想是为了纪念当年在贵州的那只小土狗。我没问。

　　我到女儿那里过暑假，每天遛狗又成了我的工作，而且我和Cash还经常睡在一起——真是受不了。不过那交情自然是深的。

　　说了这么多，就是为了告诉爱狗人士，我和我的家人也都爱狗，我从未吃过狗肉，也不会吃。我只是想非常客观地讨论一个生活中的话题。

每天遛狗是我的工作
（作者摄）

睡在一起还情意绵绵的样子，真受不了
（李哲摄）

狗通人性，大家都是知道的。各种影视剧中讲述狗的故事非常多，也非常感人。狗是人类"宠物"中最具有代表性的动物。但相较于狗的"忠诚"，人类往往有所不及。

作为生物种类，家犬是驯化的产物。动物学研究表明，大约在5 000万年前的始新世，地球上有一种体小尾长，善跑会爬树的小型食肉动物"米基斯"。大约到了4 000万年前左右，米基斯分化为多支，其中一支变成了狼，而狼中的一支继续进化为犬。所以狼是犬的祖先。按照这一进化序列，今天的狼就是未被驯化的犬。

犬的驯化始于旧石器时代末期和新石器时代时期。据目前考古发现，人类早期驯化的动物中就有犬，时间大约在12 000年前。最早出现犬遗骸的地点是伊拉克北部山区。据我国考古发掘的不完全统计，河南新郑裴李岗及河北武安磁山遗址均发现有狗的残骨，磁山有18块，属于9个个体，后来又在灰坑中的粮食窖穴底层发现了一具完整的狗骨架；而浙江余姚河姆渡发现狗的残骨属于12个个体。

驯化后的犬有一些重要的特征：形态上，向多个方向发展，特别向适合人的需求方向演变；叫声上，从"狼嚎"向"犬吠"转变；行为上，喜欢与人为伍，表现出超过一般动物的忠诚，会嫉妒。生理上的特点也很明显，

磁山文化遗址中出土的家狗骨骸（资料图）

包括嗅觉极为灵敏，听觉也特别敏锐，是人的16倍，视力相对较差，只及人的1/3，而且是色盲，100米外，犬不能辨别人的动作，但视野开阔。人的视野约为180度，狗则达250度，犬的头部转动非常灵活，很容易察觉背后的动静。

自古以来，中国就将马、牛、羊、鸡、犬、豕并称为"六畜"。这些驯化的家畜的文字表达，早在甲骨文中就已经有了，也都是供人食用的。陈年福先生在《甲骨文词义论稿》中做过统计，在已知的甲骨文卜辞中，"豕"出现的次数最多。

这就是说，狗肉是中国饮食传统的组成部分。狗是原始部落的主要食物之一，传说中国早在虞舜时代就以敬老的狗肉席作为"养老之礼"。商周时期狗肉已在宫廷宴饮、祭祀大典上不可缺少。《礼记·曲礼》载："凡祭宗庙之礼……鸡曰翰音，犬曰羹献。"

狗肉能不能吃？

《周礼》中有食狗肉的记载。据《周礼·天官》记载,当时狗肉已是"六膳"(牛、羊、豕、犬、雁、鱼)之一。食狗肉也相当讲究,比如因季节不同,天子所食粮、肉有异,规定秋季"食麻与犬"。《礼记·月令》也有记载:"孟秋之月……天子食麻与犬。"可见春秋战国时期就开始吃狗肉了,后来天子也吃狗肉。原因是狗肉好吃,被列为"八珍"之一。

春秋战国时期,齐、燕等国民间闹市上已有屠狗、卖狗肉的专门行业了。《史记·刺客列传》载,战国末年的刺客荆轲游历至燕国,"日与狗屠及高渐离饮于燕市"。《史记·樊哙列传》述:"舞阳侯樊哙者,沛人也。以屠狗为事,与高祖俱隐。"汉代养狗、玩狗及食狗肉之风更甚于秦,盛世时不少地区"屠羊杀狗,鼓瑟吹笙"。后世虽有变迁起伏,但食用狗肉之俗并未改变。总之,史料典籍告诉我们,中国确实有屠食狗肉的历史。

值得一说的是,食用狗肉还表现在"食医"上,中医上狗肉也成为温寒相配的对象。李时珍《本草纲目》中有记载:"田犬长喙善猎,吠犬短善守,食犬体肥供馔。"说明李时珍对犬类很熟悉:什么样的狗适于打猎,什么样的狗适于看家,什么样的狗适于食用,并记载了一些含有狗肉的药方。

我国的一些少数民族地区也有食用狗肉的习惯。"花江狗肉"是贵州著名的美食特产之一,出自花江镇。俗话有"十月有个小阳春,花江狗肉胜人参"一说。

我曾经多次路过花江,与我同行者大多吃过花江狗肉,都说好吃。我因忌食狗肉,所以无法言表。

现在让我们回过头继续讨论我们的话题，狗肉能不能吃？如果说，狗在古代属于"六畜"之一，那么，畜养的主要目的当然是食用。何以马、牛、羊、鸡、豕可以食用，犬却不能？这显然不合道理。所以，我国古代以犬为食用的情况并无特别，就像吃羊肉、牛肉、猪肉、鸡肉一样。而要我说在"六畜"之中，最值得同情的不是犬，是牛和马。我们有"当牛做马"的成语，也经常在故事中、影视中听到这样的"毒誓"："我下辈子为你'当牛做马'。"是何道理？"牛马"最苦，最不幸。生时要干苦活重活；吃进去的是草，挤出来的却是奶；死了还要成为人类餐桌上的菜。比较而言，那狗、那猪还是舒服得多。

我所关切的是，狗为什么在近代骤然呈现"受宠"的趋势，成为饲养率最高的宠物？如果以"六畜"相比照，中国历史上的"犬"受人喜爱的程度不及羊、牛、马、猪。究竟是什么原因让中国人似乎突然之间对狗表现出了特别"宠爱之好"？据联合国统计，全球总犬数约有六亿只，我国大约有两亿只。无论这数字是否准确，至少说明当下我国人民养狗为宠之风盛行，而且似乎就在骤然之间。这令我感到诧异，也感到好奇。

我们似乎只有解答了中国人为何突然把狗当宠物的原因，才能解答为什么"狗肉不可吃"的理由。我尝试着提出一些自己的看法：

首先，家庭模式的变化。按照费孝通先生的概括，西方的家庭结构属于"接力"模式。也就是说，父母把孩子养到18岁就不再管了，孩子独立去谋生。孩子也没有赡养老人的义务。老人大多到养老院生活，不去养老院的，经常就会养一只狗。孤单的时候，狗成了老人的"伴"。

而传统中式家族的模式，属于"反哺"模式。在这种家庭结构里，"犬"是插不进来的，更无法受宠。所以，今天的中国人把狗作为宠物，可以说是家庭结构发生重大变化导致的，特别是"孝"——老人与孩子"失常"（失去了传统的常态），出现了严重分离的倾向，"犬"乘虚而入。

其次，生育政策的变迁。现在的老人在生育时期遇到了国家推行"只生一孩"政策。也就是说，这些独生子女成家后，一般的情况是：一对年轻的夫妻上面有四个老人。这事实上宣告传统的中式大家庭的伦理（"多子多福"）已经无法延续。中断了。用传统的伦理要求孩子们尽孝道已经不再可能，他们即使"有心"，也已"无力"了。

再加上全球化的趋势，现在的年轻一代有不少人在国外发展，我们这个院子里都是大学老师，他们中有相当一部分人的孩子在国外发展，我的家庭就是其中之一。每天早晚在我们小区的院子里遛狗的人还真是不少。

再次，西方文化的影响。改革开放以来，西方文化涌入中国，包括社会价值、伦理道德、日常习俗、生活节奏、时尚爱好等方面。20世纪80年代末我到法国留学，对法国人爱狗的"风尚"记忆深刻。他们把狗当作宠物，特别是老年人，经常可以看到在公园里，一个老人抱着一只狗，人与狗窃窃私语。我当时只是感到十分地好奇，也没想太多。2000年我再一次到法国的时候,一位法国老太太告诉我一个故事,说曾经有一位中国女孩子(女留学生)租用她家的房子,女孩人很好,也很有礼貌,但在交往中这位女留学生无意中说她曾吃过狗肉,"狗肉很好吃"之类的话,那法国老太太就不再把房子租给她了。这说明法国人不仅把狗当作生活陪伴,更不能容忍有屠食狗肉的事情发生。时隔二十多年,现在中国人的生活方式不也正朝着这个方向推展吗?

最后,经济利益的因素。经济利益在很短的时间里成为社会价值的基本"动力"和"能量"。中华民族传统文明属于农耕文明,其特点是:配合四季更替的自然节律,耕种门前的一亩三分地,遵守小农经济的自给自足,继承三代、四代同堂的家庭模式……市场交换式的利益和利润关系主要反映在城市生活里,转化为乡土伦理的概率较小。乡土社会本是中国社会的基础,这也决定了经济利益在孝悌伦理中占据的份额小。现在不同了,城市发展的体量越来越大,城市生活方式越来越成为社会的主导价值。

社会价值变了,人的观念也变了。经济社会,人越来越往"利益至上"的方向发展。在家庭伦理中,经济利益所占的比重越来越大,大到与传统的孝悌伦理发生了越来越严重的冲突。我们也经常看到、听到不少因为家庭经济纠纷闹上法庭的事情。这个时代,人们嫌贫爱富的倾向也越来越明显。但狗是绝对不会这样的,所以,狗"不嫌家贫"的品德在经济社会价值与传统伦理冲突的缝隙中"脱颖而出",受到格外垂青。这些品德常常压过了现实中人的品德。对许多爱狗的人而言,那宠物成了当世经济

"势利"的一个例外。

在这些巨大社会变迁的综合作用之下,中国人在很短的历史时间里宠爱上了狗,狗肉自然也从餐桌上逐渐失去了踪影。

重要的是:人是情感的动物,不是所有的事情都靠讲道理。

为老鼠鸣不平

大家都知道老鼠,知道老鼠是害虫,我们平时所说的"四害"(苍蝇、蚊子、蟑螂、老鼠)中就有它。大家都不喜欢老鼠,"老鼠过街人人喊打",反映了人们对这种动物的厌恶。

在我看来,中国人在对待老鼠的态度上表现出超乎寻常的矛盾。事实上,把老鼠混同于苍蝇、蚊子、蟑螂,在类别上是不对

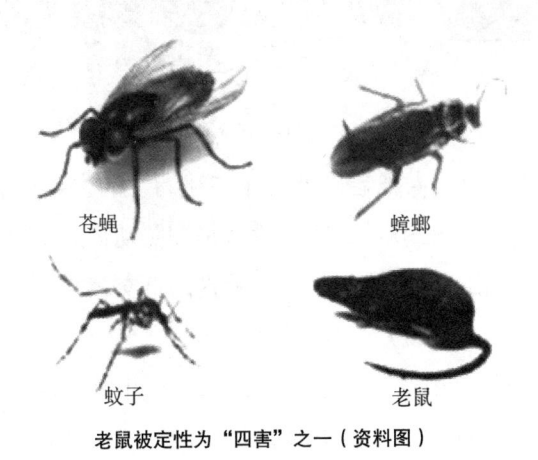

苍蝇　　　　　　蟑螂

蚊子　　　　　　老鼠

老鼠被定性为"四害"之一(资料图)

的。老鼠无疑是"四害"中与人类最接近的动物——它跟人类一样是哺乳动物,其繁殖方式是胎生,也是哺乳动物中繁殖很快、生存能力很强的动物之一。重要的是,在"四害"中,唯老鼠对人类社会的贡献最大。

回顾中国传统文化,鼠不仅不令人讨厌,而且是人类的朋友。中国人很看重生辰—属相。可能很多人不太注意,我们把十二生肖中的"第一把交椅"给了老鼠,这是一个很重要的排位。

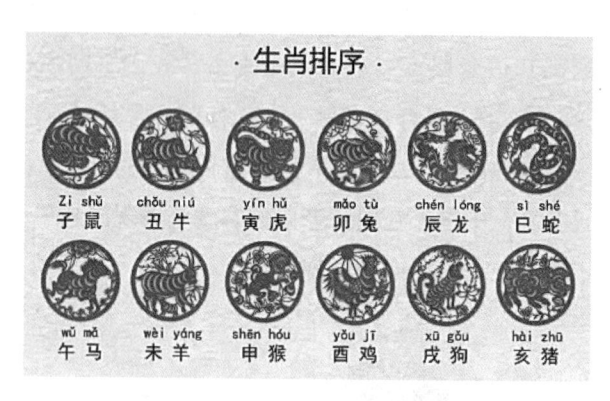

十二生肖序列(资料图)

为什么中国人把老鼠列为十二生肖之首?民间有不同的说法,其中一种说法认为,十二生肖是按照动物活动的时间排列顺序。老鼠的活动主要在子时,也就是两日交替的午夜十二点钟前后,所以被定为首位。

"子时"是旧的一天结束,新的一天开始的时辰。如果我们说春节是指一年(节气)当中的"辞旧迎新",那么,"子时"就是指一天（时辰）当中的"辞旧迎新"。十二地支与动物属相搭配，就有了我们常说的十二生肖之首"子鼠"。

此外，老鼠在历史文献中甚至还有过"英雄业绩"。清代刘献廷在《广阳杂记》中有"天开于子，不耗则气不开"之说。意思是说：老鼠在天地尚在混沌状态下咬出一个缝隙，从而天地始分。"天开于子"是鼠的功劳，因此"鼠"对应"子"。这样的故事甚至把老鼠捧为"创世英雄"，真是令人想不到的解释。

于是，一个悖论出现了："老鼠过街人人喊打"，大抵反映了人们对这种动物的讨厌；却又将它视为"创世英雄"，将十二地支的首位让给它。这表明人们对这一种动物巨大的矛盾心理。不妨读读朱耀沂著、黄一峰绘的《老鼠博物学》，书里为我们解开很多谜踪。

我说把老鼠与其他"三害"并列不公平，还基于一个重要的原因：鼠有灵性。或是因为它与人类都是哺乳动物，或是因为它与人类有过生死交集的历史，或是因为它有可爱之处，生活中有不少人养鼠为宠物。至少，老鼠可以跟人做伴，我想，大抵没有人会把其他"三类害虫"当作宠物。

记得我曾经读过贾平凹的一些作品，印象深刻的是他记述年轻时生活很艰难，有一只老鼠天天在他的房梁上与他做伴。贾平凹于是感慨，在孤独的时候，只有老鼠来陪伴。所以，老鼠也成了他作品中的"角色"，而且并不讨厌，还有点招人喜欢。他的《养鼠》就是例证：

为老鼠鸣不平

买了十三楼的一个单元房作书房，以为街道的灰尘不得上来，蚊子不得上来，却没想到上来了老鼠。老鼠是怎么上来的，或许是从楼梯，一层一层跑上来，或许沿着楼外的那些管道，很危险地爬上来。

老鼠之所以叫老鼠，生下来就长胡子，但它仍是个幼年的老鼠。书房里突然有了老鼠，我得赶紧检查房子的漏洞，我发现柜式空调的下水管那儿有个空隙，便把它堵严了。老鼠和我仅打过一次照面，之后再没有见过，而我不愿意它留在书房。要把老鼠捉住或撵走，到处堆满了书籍、报刊和收集来的古董玩物，清理起来十分困难，这就无法捉住和撵走。也买了鼠药放在墙角，它根本不吃，又买了好几块粘鼠板摆在各处，它仍不靠近，反倒是我有一次不经意踩上了一脚，鞋子半天拔不下来。书房唯一出口就是大门，晚上开了门让它走吧，可在城市的公寓楼上，晚上怎敢大门不关呢，何况这还可能有另外的老鼠进来。那怎么办，既然无法捉它撵它，它又无法自己出去，毕竟是一条生命，那就养吧，一养便养过了四年，我还在养着。

养老鼠其实不费劲，给它提供食物就是。第一次我在晚上离开书房时将一块馒头放在一块干净的秦砖上，第二天早上再来时，那馒头就不见了。但当天的晚上没有了馒头，把剩下的面条放在那儿，而早上再来时，面条竟然完好无缺。我以为它是从什么地方出去了，或者是死了，就又在离开时放上馒头，以测试我的猜想，可隔了一夜，却发现馒头又没了。我这才知道它是不吃面条的。数月后,到了秋天,楼下的馒头店搬走了,没有了馒头,我就放了花生,但它好像仅吃个两三粒就不吃了。以为松鼠是吃松子的,松鼠和老鼠应该是同一类,我在超市里发现了有卖松子的,买了一包,回书房放了,还说:"给你过个生日!"可是它也不吃松子。我就有些生气了,什么嘴呀,这么挑食的?!朋友请吃饭,剩下的鱼呀,排骨呀,油饼、锅盔和饺子拿回来,全给它放了,它只吃锅盔。有一次我给自己买了晚饭,剩下一支火腿肠,晚上放给它了。那么长的一根火腿肠,它竟吃得一点渣屑都不剩。原来它可以吃肉的,不要带骨头的那种。我每次外出吃饭,便给它带些剩肉,它却又不吃了。丸子不吃,糯米团不吃,方便面不吃,核桃仁、葡萄干不吃,豆腐吃过一次,再放就再不吃了。那它还吃什么呢?我想想有一首歌:"我爱你,就像老鼠爱大米。"抓了一把米放在那里,结果它根本不吃。我看过漫画,老鼠是偷油的,也会抱着拿鸡蛋的,就在碟子里放菜油,它没有吃;放过一颗鸡蛋,它也没有动。它还是喜欢吃馒头和锅盔,我就笑了。陕西人爱吃这些,它也真是陕西的老鼠。

我仍是跟老鼠发过两次火。一次我翻检那些汉唐石碑的拓片,发现有三四张被咬破了,我勃然大怒,骂道:"老鼠,你听着,你竟敢咬我拓片?我警告你,如果再敢咬书咬纸,我全部清理房间也要把你打死!"从此,再没有发现它咬碎过什么。另一次,我在擦拭客房中堂的案桌,案桌上供奉着唐时的一尊铜佛和文殊、普贤两位菩萨的石像，竟然有了老鼠的屎粒和尿渍，我再一次火冒三丈，大声警告："你去死吧，老鼠，去死吧，明天我抱一只猫来！"但当我去市场买猫的时候，主意又变了。何必要它的性命呢？返回来给佛上了香，又供了水果和鲜花。我听见在什么地方响了一下，我猜想那肯定是老鼠在暗处耍我。我并没有回头，只说了一句："你记着！"

朋友们知道我在书房里养着老鼠，都取笑我，作践我。我说："这是一只听话的老鼠。"他们说："听话？该不会说这是一只有文化的老鼠吧。"我脸上发烧，说："它进来了，不得出去，我能不养吗？或许是一种缘吧。"

世上有那么多的老鼠，为什么偏就是这一只老鼠进了我的书房？从地面到十三楼，那容易吗？它是冲着书籍来的，冲着古董玩物来的？那它真是只有文化的老鼠了。如果它没有文化，那四年了，它白天里要看着我读书写作，听着我和朋友们说文论艺，晚上又和书籍古玩在一起，它也该有些文化了吧。

作家写老鼠或许是因为写作需要耐得住寂寞，不能被打搅，只有老鼠成了例外，成了孤寂中的"伴友"。

更有画家画老鼠而名满天下者，把那老鼠提升到全世界人民都喜欢的地步——迪士尼的米老鼠就赢得了全球的声望——这可

不是虚构。真实的故事很简单：

一个年仅21岁的小画家，怀揣仅有的40美元，从家乡提着装有衬衫、内衣以及绘画材料的皮箱来到堪萨斯城。他经历了多次的失败，几乎一无所有。因无钱交房租，只好借用一家废弃的车库作为画室，每天夜里都会听到老鼠"吱吱"的叫声。一天，他昏沉沉地抬起头，看见幽暗的灯光下有一双亮晶晶的小眼睛在闪动。他没有捕杀这只小精灵，磨难已使他具有艺术家悲天悯人的情怀。往后的日子里，他与这只小老鼠朝夕相处，经常会在黑暗中你看着我，我看着你。艰难的岁月中，他们仿佛建立了一种默契和友谊。

不久，他离开了堪萨斯城，去好莱坞制作一部卡通片。然而，他设计的卡通形象一一被否决了，他再次品尝了失败的滋味。他穷得身无分文，多少个不眠之夜，他在黑暗中苦苦思索，甚至怀疑起自己的天赋。

突然，他想起了那双亮晶晶的小眼睛！灵感像一道电光在黑夜里闪现了：小老鼠！就画那只可爱的小老鼠！全世界儿童所喜爱的卡通形象——米老鼠（Mickey Mouse）就这样诞生了。这位无名的小画家也就成了大名

一个画家，一只老鼠，创造了一个人间奇迹

为老鼠鸣不平　　131

鼎鼎的沃尔特·迪士尼。

　　从此以后,他凭借着自己的才干和灵感,一步步筑起了迪士尼大厦。上苍给他的并不多,只给了他一只小老鼠,然而他"抓"住了。对沃尔特·迪士尼来说,这只小老鼠价值千万。

　　这些故事告诉我们生活中的一个事实:人们在潦倒、孤独的时候,老鼠总会来到你的身边。那个时候人们并不特别讨厌它。这不奇怪,当你在困顿或孤独之中,你身边有一些食屑,可以与它分享,它也因此成为你"特殊的朋友"。

　　然而,一旦人的生活改善了,便会无情地驱赶老鼠。人与鼠并非水火不容,只是人们在日子过得好的时候才这样。有些时期,社会上还时不时地搞"爱国卫生运动",那是老鼠遭殃的时候。我到现在也没想明白,搞卫生跟"爱国"怎么能够扯到一起。

　　我有时会问自己:老鼠真的这么令人讨厌吗?还是我们冤枉了这种动物?回想起自己在当知青的那个年代,在农村,住在土木房里,几乎天天要与老鼠打照面。谈不上喜欢,但也没有特别讨厌,它只是与我们朝夕相处的生物中的一种。

　　我还要告诉大家,我插队的地区属于闽西,闽西是革命根据地,还有一个县叫宁化。那里的特产"闽西八大干"中就有宁化老鼠干。老鼠成了美食!

　　看来,老鼠在人类生活中并不总是劣迹斑斑,它有特别的属性，而这些属性与人类的属性相互交织。有意思的是，人类在与老鼠相处的过程中，鼠的属性并没有变化，倒是人类对它的态度非常奇怪：一方面厌恶它，另一方面认可它。

我总结了，人们看待和对待老鼠的矛盾性，恰恰说明了人类在对生物多样性认知上常处于"悖谬状态"：有些动物你喜欢，你把它们当成宠物，称它们为"宝贝"；有些动物你不喜欢，你就咒它们，灭它们。这表面上的"爱憎分明"，却常常把人类自己置于"长不大"，甚至"无情无义"的境地。

人类对老鼠的评价不公，我还可以列举一二。比如与远古人类的关系，与现今人类的关系，它们都可谓"无名英雄"。

有考古证据表明，黑家鼠（就是我们所说的"老鼠"）与中国人的祖先存在共生关系。具体地说，在北京猿人的遗址中，曾经挖掘出不少黑家鼠的骨片。虽然像老鼠之类小型哺乳动物的骨片在地层里受到酸性物质的作用，容易分解，但北京猿人似乎是将黑家鼠烧烤后取食的——因为在草木灰中采集到了不少相当完整的骨片。科学家据此推测，黑家鼠在50万年至30万年前的洪积世初期，已在人们的生活圈中活动，平时可能靠取食猿人吃剩的食物维持生存，当猿人没有食物可吃时，老鼠便成了他们的食物。从这个角度来说，老鼠称得上最早与人类祖先共同生活的家畜。

生物科学在实验室里，常将小白鼠充当试验品，说明老鼠作为哺乳动物与人类具有基本相同的属性，从小白鼠身上得到的

为老鼠鸣不平

"实验数据"对人类具有"说明价值"。从这个意义上说,小白鼠是生物科技的无名英雄。说得直白一些,小白鼠充当了人类或其他生物的"替死鬼"。结果人类却把老鼠当成了"害虫"天天喊打。真是太不厚道了。

人类在认知上有时非常简单,幼稚得很。教孩子时常以"好人—坏人"来区分;划分动物就常以"益虫—害虫"来区分。问题是,老鼠也可以是"益兽"。老鼠确实曾经给人类社会带来过鼠疫,但如果以"功过相抵"的客观事实论,人们并不应该如此看待和对待老鼠。

不过,官方和民间的表述也有差别。像"爱国卫生运动""除四害讲卫生"之类必定是官方话语,在传统的民间表述中,特别在以老鼠为主角的民间故事里,老鼠有时还挺可爱的。"老鼠嫁女"就是一则流传时间久远、流传范围广泛的民间传说。在漫长的流传过程中,这一民间传说不仅在皮影、傀儡戏、大鼓书等各种说唱类的民间文艺中出现了很多复杂变形,而且作为民间艺术的重要主题,还活跃于剪纸、木雕、竹雕、玉雕等民间工艺中。"老鼠"成了让人民喜乐的角色——看来,民间传说比官方表述更中肯一些。

在这篇小文中,我无意挺身而出为老鼠讲好话,那有点蠢,要得罪人的。我的真正意思只是想通过这个例子反思人类在对待许多身边的事物、事务、事情上,经常犯"自以为是"的毛病。同时,希望人类更宽容地对待身边的生物。毕竟人类与它们构成了一个"生态—生物—生命"共同体。

动物生命的人类镜像

人是什么？首先是动物。

动物就有动物的共性，比如吃喝拉撒，喜怒哀乐，繁衍后代。

从这个意义上说，人类与其他生物种类有着相同和相似的属性。充其量，人类就是一种"哺乳动物"。

人类可以通过其他生物本性、属性、品性等的表现和呈现，反射和反映自身。也就是说，人类社会的各种生物行为可以参照"动物世界"，那仿佛就是人类的一面镜子，把人类面具后的本来面目真实地呈现出来，让人类看清自己。只是在通常的情况下，人类社会经常被"伦理"面具遮蔽了作为动物的本性和本能，比如残暴、好斗、炫耀、虚荣等，无论是无意还是有意。

动物的生命表现对于人类至少有四个方面的启示作用：（1）相同的生物本能；（2）相似的社会伦理；（3）相仿的历史演化；（4）相通的思维形态。总之，动物是人类的镜像。我们可以通过博物学中"动物的故事"反观并反省自我。

给大家提供两个有代表性的动物的故事：

"老暴"原型

加拿大博物学家西顿（E. T. Seton）为我们讲述了一个他所认识的"老暴"的故事（《西顿野生动物故事集》）。"老暴"是一只狼，只不过它不是一只普通的狼，而是一群狼的首领。"老暴"既是音译，即西班牙语中"狼"——"Lobo"；同时又是意译，因为墨西哥人又称"老暴"为"大王"。老暴是一群野狼中的统帅，统治着一个狼的王国。这个王国地处新墨西哥北部的一个名叫"喀伦泡"的大牧区，老暴正是这一带威震四方的一只大灰狼：

> 老暴的王国并不算大，他统率的那一群狼的数量并不多。这一点我始终不大明白。因为，在一般情况下，一只狼如果有了像他这样的地位和权势，总会随从如云，前呼后拥……不过这群狼中的每一只都威震四方，其中大多数的身材也比一般的狼大，特别是那位副统帅，可真算得上是一只巨狼了。但即便是他，无论是看个头，还是讲勇武，在狼王面前就小巫见大巫了。除了两个头领，狼群中还有几位也是超群绝伦的，其中有一只美丽的白狼，墨西哥人管她叫"白姐"，想来该是只母狼，可能是老暴的伴侣。另外还有一只

动作特别敏捷的黄狼,按照流行的传说,他曾经好几次为狼群捕获过羚羊。

……

有一次,一个牧人听到老暴耳熟能详的战斗呼号,便蹑手蹑脚地溜过去,发现喀伦泡的这群狼正在一块洼地上围攻一群牛。老暴远远地蹲在一个土岗上,"白姐"和其余的狼正在拼命要把他们相中的一头小母牛"揪出来"。可是那些牛紧紧地挤在一起站着,牛头朝外,以一排牛角阵对着敌人。要不是有一头牛面对这群狼的又一次攻击而怯阵,想钻到牛群中央去,这个防线是无法突破的。狼群只有这样乘虚而入,才把相中的那头小母牛咬伤了。可是那头小母牛还远远没有失去战斗力。终于老暴似乎对他的部下失去了耐心,于是他奔下山岗,大吼一声,向牛群猛扑过去,牛群的阵线立即土崩瓦解。那头被相中的小母牛还没跑出二十五码远,就被老暴逮个正着。

……

老暴是国王,曾经事业辉煌,然而结局却很惨,众叛亲离。它被当地的捕狼机给捉住了:

当我走近他的时候,他还是爬了起来,竖起鬃毛,扯开嗓门,最后一次使山谷震荡起他那深沉洪亮的吼声。这是一次求救的呼声,是召集他的狼群的呼声,但是没有一点回音。

动物生命的人类镜像 137

……

我把肉和水放到他的身边，可是他一眼也不瞅……

第二天天亮的时候，还以他平静的休息姿态趴在那里，不过，他的魂已经走了——老狼王死了。

老暴走了，在很久以后，当地的人们还会说起他的故事。

我们无妨将"老暴的故事"视为生物中一种具有普遍意义的故事原型来看待。我们甚至相信，人类原始社会中的许多形态，也存在这样的原型模本。

或许正是这种原因，作者西顿在故事的讲述中是以"他"来称呼老暴。老暴并不是文学表述中的"拟人化"存在，在作者心中，"他"就是人。老暴的社会与人类社会何其相似！

这里有两个关联性：首先，人与其他生物本来就是生命共同体，存在着多种隐喻的原型。其次，人类不仅与其他生物形成了生物链，同时与其他生物种群具有许多共相，甚至连生命的表演都一样。

我们有时也会这样拷问：今日之世界所践行的价值难道不也在遵循"老暴"的原型价值吗？

是的，相像极了。

"牺牲"母题

现在的"牺牲"概念已经被渲染得走了形、变了样，特别是增加和附会了很多不同语境中的意义，把原来属于"生物"意义的指示和意向给扩大了，甚至把原来"牺牲"中所具有的神圣涵义变得世俗。比如在生活中，有人晚上加个班，结果人家非要说"我为了工作牺牲了休息时间"这样的话。其实，他（她）本来就只能听老板的话，因为是老板让加班的；其实，他（她）本来就想赚一点加班工资，因为年轻刚刚入职；其实，他（她）本来就该加班，因为平时偷懒，连自己分内的工作都没有完成……有什么好"牺牲"的。

"牺牲"原本很是神圣。我们一看"牺牲"二字的结构就知道说的是动物，两个字都"从牛"。以"牲"为例，它是个形声字，《说文解字》解："牛完全。从牛，生声。"《字汇·牛部》释："牲，祭天地宗庙之牛完全曰牲。"

这下明白了。牺牲就是用牛、羊等牲畜祭祀的祭品，是与天地沟通，与祖先交流中必不可少的。特别提示，那些神圣的祭祀仪式，作为"牺牲"的动物并非一般的祭品，它们大多不仅与人类关系密切，而且绝大多数都被认为是圣物，其中有些与人类有着图腾族源关系。

以动物作为牺牲的祭献几乎遍及全世界，可视为一种"母题"。很多人对"母题"有一个误解，认为是一种古代的用语。其实它只是motif的英译，意思是指一种不断重复出现的主题，具有强烈的、相同的动机（motive）。说得更明白一点，所谓"母题"就是根据生物具有的相同"动机"而产生并不断重复出现的主题。

人类学在研究远古文化时候发现一个有趣的现象：在远古时代，群体与群体之间的交流非常受限制，可是，为什么还会出现那么多相同的事情，相同的主题？原因是：同为生物，许多事件和事物在属性上是共通的，所以表现出来也很相像，也就是我们所说的"母题"。

那么，为什么动物之间会有那么多具有规律的"共相"与"共性"呢？那是因为所有的动物都首先要满足生物性的基本需求。人类也一样。这样，在动物的行为中观察和发现与人类同样的母题也就有了铺垫的理由。那么，"牺牲"的母题是否在动物中也存在呢？

回答：是的。而且同样感人。

法国著名博物学家、昆虫学家法布尔在《昆虫记》中为我们描述了一种叫作"金步甲虫"的"神圣的婚礼"。昆虫学知识告诉我们，金步甲是一种食肉昆虫，属于昆虫纲鞘翅目，是消灭毛虫的能手。其种类很多，分布于世界上不同的国家和地区。

但这种昆虫在迈入婚姻殿堂之后，雌虫会暴露其凶残的一面——杀死伴侣；而雄虫似乎却义无反顾地成为雌虫

金步甲虫（资料图）

凶残的"牺牲品"。法布尔在《昆虫记》中发现并记录了以下的场面：

> 几天以后我看到一个相似的场面，一只雌性金步甲从背后咬一只雄性金步甲，被咬者没有做任何抵抗，只是徒劳地在挣扎，以求摆脱。最后，皮开肉裂，伤口扩大，内脏被悍妇拽出吞食。那悍妇把头扎进其同伴的肚子里，把它掏成个空壳。可怜的受害者爪子一阵颤动，表明已小命休矣。刽子手并未因此心软，继续尽可能地往腹部深处掏挖。死者剩下的只是合抱成小吊篮状的鞘翅和仍旧连在一起的上半身，其他一无所剩。

令人不可思议的是，那接受暴虐的牺牲者正是刚刚完成了神圣婚礼的"新郎"。

如果这只是日常所见的对手之间的寻常打斗，那么被攻击者显然会转过身来的，因为它完全有可能这么做。它只要身子一转，便可回敬攻击者，以牙还牙。它身强力壮，可以搏斗，定能占到上风，可这傻瓜却任凭对手肆无忌惮地咬自己的屁股。似乎是一种难以压制的厌恶在阻止它转守为攻，也去咬一咬正在咬自己的雌金步甲。这种宽厚令人想起朗格多克蝎，每当婚礼结束，雄蝎便任由其新娘吞食而不去动用自己的武器——那根能致伤其恶妇的毒螯针。这种宽容也让我想起那个雌螳螂的情人，即使有时被咬剩一截了，仍不遗余力地在继续自己那未竟之业，终于被一口一口地吃掉而未做任何的反抗。这就是婚俗使然，雄性对此不得有任何怨言。

……

交尾一完，在野外遇见一只雄性的雌金步甲便把对方当成猎物，将它嚼碎，以结束婚姻。金步甲的世界是多么残忍呀，一个悍妇一旦卵巢中有了孕，无须情人时便把后者吃掉！生殖法规拿雄性当成什么，竟然如此这般地残害它们？

显然，连法布尔到后来都无法对场景进行平静、客观的描述，他在控诉雌性金步甲的"罪行"，何以要亲手将刚入洞房的新郎以如此残忍的方式杀死。毕竟法布尔会将同情移植动物界，这很正常。对于金步甲的行为，读者除了感到惊悚外，也会从自身的角度去解读这种行为。

要生存就会有牺牲，但人类更喜欢用"要奋斗就会有牺牲"这样豪迈的语句。牺牲母题是世界性的，而且具有专属的生物特性。比如在部落社会，人们通常会将自己的部落视为与生物一样的生命体，需要不间断地"喂养""注入""补充"以维持，就像我们每天需要吃饭一样。

人类也曾经广泛地以人作为"牺牲"，我国古代就有所谓的"人殉（活人作为祭品的陪葬制度）"。这种制度不仅普遍，而且持续很久。商代前期人殉现象已经存在；到了后期，大中型墓葬几乎都有人殉。甲骨文卜辞里用"人牲"为祭祀的事例还真不少，有时甚至以"方族"（地方族群）称之，如"羌"等。

后来人殉成了一种制度："天子杀殉，众者数百，寡者数十；将军大夫杀殉，众者数十，寡者数人。"如安阳殷墟商王陵墓区有一座"亚"字形大墓，椁的顶部和四周发现成批的男女侍从和奴隶殉葬。明太祖朱元璋死后也有许多陪葬。据明末人毛奇龄所著《彤史拾遗记》记载，"太祖以四十六妃陪葬孝陵，其中所殉，惟宫人十数人。"说明女性在古代经常成为帝王的陪葬品——特别的"牺牲"。

殷墟"万人陪葬坑"遗骨（资料图）　　独特的"人殉"制度（资料图）

人类学大量研究表明，在部落社会，人类也曾经以自身的身体、血等为"牺牲"来"祭祀""供养"自己的部落、亲族和家族，诸如"猎人头""杀老""血祭"等都是这一母题的变形。有时人类通过残杀同类（包括血亲亲属）来达到某一种目的，而牺牲者毫无怨言。弗雷泽的《金枝》为我们提供了大量有关"杀树精"（killing the Tree-spirit）、"杀神兽"（killing the Divine Animal）、

动物生命的人类镜像　143

"杀神"（killing the God）、"杀老"（killing the old）的历史案例。可见"牺牲"和"祭祀"之普遍。

人类原始部落还会见到"杀老"这种生物社会的规则。他们认为自己的部落就是一个生命体，也会衰弱。要保持部落的生命力，就要像动物世界一样，部落的酋长、首领一定要身强体壮，能争好斗，性欲旺盛，这样部落才有活力和生命力。一旦酋长、首领衰老了，生病了，性欲下降了，往往说明部落"生命"出了问题。在这种情况下，部落就会组织类似"杀老"的仪式：杀死老的，让年轻的替代，以保持和保证部落的活力。所以，"老"也可能成为一种特殊的"牺牲"。

残酷吗？残忍吗？是的。那没办法，得生存，得发展。人类其实天天都在干着残酷和残忍的事情，也会有无数的"牺牲"。

如果生物种群在生存和延续过程中确实存在着"自我牺牲"的功能需求，这种祭献形制便会产生。同样，如果作为社会"机体"的生存和延续也需要与之相关的"牺牲"和"祭祀"，社会就会产生相关的仪式。

在世界性的"牺牲"母题中，最有名的是《圣经》中的"替罪羊"。用羊替罪来自古犹太教，它源自一个宗教典故。《圣经·旧约》中说，上帝为了考验亚伯拉罕是否真的忠诚自己（因为上帝即将给予他一个很大的承诺），所以吩咐他带着他的独生子以撒到一个指定的地方，并把以撒杀了作祭牲献给上帝。以撒是亚伯拉罕和撒拉九十多岁时才有的第一个儿子，也是上帝赐给他的，所以他相信上帝。正当亚伯拉罕要拿刀杀儿子时，上帝用

"羊"替代他的儿子做祭牺牲。"替罪羊"祭祀也因此成了一个具有母题意义的专属表述。

当我们明白了这些道理之后,再去看看金步甲的"婚礼",便不至于感到错愕,这不过是生物行为。如果我们把金步甲与人类相比较,我更愿意将雄金步甲的婚礼之殇视为"自我牺牲"的崇高,因为它只是生物世界的一种基本的生存需求,也是物种的一种延续方式。

行动：人类身体的演化奇迹

人类身体是进化的产物，我们今天的模样其实都是进化来的。人类的身体既是生物遗产，也是文化遗产。如果我把人类定义成"一种会动的物种"，虽然听上去有点怪，但一般人也不会有什么反对意见。因为这个定义所揭示的是事实。

首先，人是动物，动物就是"会动的生物"。其次，人是动物中的特殊物种，因为人类有自己的文化。这是人类的两种基本属性，人类学研究人类要分成两个基本的学科板块：**生物（体质）人类学和文化（社会）人类学**，也是同样的道理。

但这样的表述并没把人类的特殊性表现出来。是啊，许多动物都有其生物—体质和社会—组织特征。说人类作为高级动物，那特殊性是什么？让我尝试用学术语言来表达：

人类文明与人类身体的关系最为直接的表现是，人们通过有意识的学习和实践所形成的习惯，使身体和场所成为能量以及物质的流通枢纽，这些能量又和物质以及周围更大的能量和物质环境建立交流和交通关系，以保证人与自然的平衡关系，并将这种关系运用到人的生命过程，包括对自然的观察和实践上。

这样，人的身体也就成为一个重要的机关和机杼，无论对自然环境，还是人类社会关系，或是人的生理与心理关系都起到一种非常奇妙的平衡作用。难怪有学者把人身体的这种平衡力称为"身体生态学"。

在身体的生态关系中，最重要的是人类的身体具有某种与意志力配合的"身体思维"。这一概念在西方哲学研究中被提出并被屡屡提起。虽然，大家对"身体思维"的意见并不统一，但有一点是相通的，这就是将人的身体作为认知、存在的主体。尼采曾经这样说过：

> 在你思想和感觉的后头，站着一个有力的统治者，一个不得而知的智者——他在你身体里潜伏，他是你的身体。

说得好，说得绝！哲学家就是哲学家，能把话说得这么有哲理。

但哲学家的精彩经常是证明不了，或者不需要证明的。人世间最难讲明的是人类自己，包括自己的身体。真实的情景是：人们天天看着、摸着自己的身体，却不知道它是什么。这有点意思。那一身肉体总"纠缠"自己，有鼻子有眼的，自己却不清楚那到底怎么来的。

即使到了今天，人类身体的演化还是一个未能完全被科学证明，甚至连能否清晰复原都尚未可知。1992年加州大学伯克利分校（UC Berkeley）人类学系的提姆·怀特（Tim White）偶然发现了一堆骨骸，他曾试图以此解释一直以来学界认为存在于猿类与人类之间的"失落的环节"。怀特团队不断地寻找、探索，但仍没有得到共识。也就是说，从物种进化的角度看，人类的身体怎么就成了这个样子还是一个尚未完全揭开的谜。

作为常识，大家似乎都知道何为基因与遗传，反正孩子都"像"自己的爸爸妈妈，"呱呱落地"就生成这个样子。我们的祖先是这个样子，所以我们的身体也就是这个样子。仔细一想，这样的观点似是而非。基督教也说，上帝在造人的时候就把人的身体按照自己的模样"造"成的。但问题都出在根据已知的人类生理、身体特征去解释，并没有解释这一现象是怎么来的。

如果有人硬是要打破砂锅问到底：那人为什么一生下来没有"生成"猴子那样，不是说人的祖先是猴子吗？我们就哑口了，私底下想来想去却还是没有信服的答案。现在的人都在搞什么人工智能，却搞不明白自己的身体是怎么回事，从何而来。

以我们的常识，中国人最正面的答案是"劳动创造人"。这是一个经常被提到的观点，似乎既解答了人的生理问题，也解答了人的社会问题，一石二鸟。但以我的理解，"动"虽说到了，却还是没有给出为什么"动"成了人的模样。

看来我们也只能集中讨论人类"动"的情况,特别是与其他动物不一样的地方。按照学者的归结,人类有三种根本也是基本的"活动":劳动(labor),工作(work),行动(action)。

> 劳动是人的身体作为生物过程中的相应活动,劳动是人的生命本身。
> 工作属于社会化的活动,是不同于自然环境的"人造"事物世界。
> 行动属于二者的中介,在整体上强调人类与这个世界的协调关系。

其中的逻辑线条我的理解是这样的:人是动物,动物就是"行动"的生物,行走是行动最简单明了的行为。我们与"祖先"最根本的差别:人类是走出来的,猴子还在爬树。

所以,人类的演化是一部不用"笔"而用"脚"走出来的历史。在大部分时间里,行走只是一种生活的需要,完成从一地到另一地的空间转移过程。可是,放到人类进化的历史中,意义就大不一样了。人类的行走(直立行走)是人类与其他生物种类区别的标志。从古生物学家、考古学家和人类学家那里,我们知道一个常识:人类的祖先古猿的直立过程是一个人类特殊进化的结果,既区别于其他动物,也是人类自我创造的一个奇迹。

行动:人类身体的演化奇迹

人是"走"出来的动物（资料图）

人的生物性是这样，文化性也是如此。当我们重温人类文明的原初形态时，一个文化原型豁然呈现，那就是古希腊神话中俄狄浦斯与斯芬克斯的对话：

是什么早晨用四条腿走路，中午用两条腿走路，晚上用三条腿走路？

这个经世谜语的真正谜底为：人是走出来的——不仅人类作为整体，还是人作为个体，都一样。沿着这一路径，我们发现，几乎所有重要文化原型都与行走有关。我们甚至可以说：文明和文化是走出来的。

让身体行动起来就是道理，中国的"道"与"行走"精妙地呈现出了这种关系。"道"的本义为行走，行动；引申义为道路，道理。咱们中国人早就把"走的道理"给讲清楚了——走就是"道"，那"理"就在了。咱中国把那大道理全都落实在脚上。

路漫漫其修远兮，吾将上下而求索。

屈原的诗句大家都传诵，就说明了这个道理。

欧洲文学史上也有一个与行走有关的流派——"湖畔派"。说是十八世纪英国有一群诗人围着那温德米尔湖（Windermere）行走，走着走着就"走"出了一个诗派。代表人物是华兹华斯、柯勒律治和骚塞。他们的诗歌主要以反映英国湖区的风景而著名，也大多是诗人两腿散步的沉思之作。可以说，他们的诗歌美学一方面表现自然的特殊景观，另一方面也是行走的生命体验，是"用腿行走出来的文学"。

"湖畔派诗人"代表人物华兹华斯在他的代表诗作《序曲》中有这样的诗句：

　　我选择漫游的云
　　当我的向导
　　我不会迷路

1790年，华兹华斯和他的同伴琼斯徒步行走，穿过法国到阿尔卑斯山。华兹华斯和琼斯雄心勃勃地规划旅程，包括一天走三十英里的计划。他把这次旅行也记录在了他的诗篇中：

　　快速地行进
　　地像天空中变换的云一般
　　快速地在我们面前变形

> 一日日　早起晚睡
> 我们从谷到谷　山到山
> 我们通过一个个省份
> 从事十四周狩猎的敏锐猎人

柯勒律治也很了不得，从1794年到1804年的10年中，他在湖畔有过近乎狂热的行走历史。有意思的是，在他这一段旅行过程中，还"促成"了自己的妹妹与另一位湖畔派诗人骚塞的婚事，他也就与妹夫骚塞一起行走。他还与华兹华斯有过几年"行走诗"的合作，其著名诗作《古舟子咏》(*The Rime of the Ancient Mariner*)就是写照。

其实，18世纪的欧洲正值浪漫主义时期，行旅与诗歌皆蔚然成风。除了湖畔诗人群热衷于行旅外，像拜伦、雪莱等也热爱旅行。法国的情况也一样，一大批作家、诗人们继承了启蒙运动时期的学风，以卢梭为代表的"返回自然"风尚日盛，他们一方面用两脚思考，另一方面用两脚写作，留下了许多伟大的作品。

我也是文学的爱好者，也喜欢到处行走，干的却是人类学的活儿。我也到英国的温德米尔湖去寻古，想模仿湖畔诗人们的"范儿"，可惜没能写出诗来。看来，要当诗人，不仅要有诗情，更要有诗才。

我有诗情，没有诗才，没办法。

看来，人与猴子不一样，人与人也不一样。

我也曾行走在那湖畔故地，可惜没能写出浪漫的诗篇（作者摄）

行动：人类身体的演化奇迹

文化中的文法

接力、反哺与隔代

我们今天之所以能够看到世界上的那些生命种群，尤其是动物，是因为它们都能够通过繁衍一代代地延续下来。有的物种我们已经看不到了，只能到考古博物馆的"动物化石"中凭吊，比如世界十大灭绝动物：恐龙、猛犸象、渡渡鸟、爪哇虎、巨狐猴、巴巴里狮、斑驴、袋狼、爱尔兰大鹿和大海雀。

那些能够繁衍下来的动物可以说是幸存者。"幸存"得以实现，除了逃脱历史上的天灾，如火山喷发、地壳变化等劫难外，最重要的还是传承方式。传承方式有问题，"断子绝孙"便在所难免。这就好像中国人讲的传宗接代那样，如果有一代断了子嗣，家世也就断了。那是最为不堪的事情。

传承方式多种多样，不仅表现出生物多样性、适应性特征，也呈现出文化多样性、适应性特征。作为生物种群，人类属于哺乳类动物，而哺乳类动物处于动物发展史上的最高级阶段。哺乳类动物代际关系的最大特点是：以家庭—家族为背景的哺育与赡养的结构模式。人类虽同属哺乳类动物，在哺育与赡养的关系上却呈现出巨大的差异，原因是哺育与赡养的结构模型既包含生物性质，又包含不同的文明因子和社会因素，使得家庭结构模式表现出完全不同的形态。

在人类的家庭关系中，**生养**最为关键；又因为"生"包含更多的生物因子，而"养"却更多属于社会范畴，所以包含了生物—社会的双重因素。依照中国传统的儒家伦理，父母对子女有"养育"的责任与义务，子女对父母有"赡养"的责任与义务。也就是说，父母和子女之间是"互养"关系，并以"孝"伦理附会、契合之，其本义为赡养和服从父母。这种家庭"互养"模式被费孝通称为"反馈模式"。

"反馈模式"也称为"反哺模式"。**反哺**其实是对鸟类案例的借用，传说乌鸦具有反哺性。《初学记·鸟赋》载："雏既壮而能飞兮，乃衔食而反哺。"《本草纲目·禽部》更有："慈乌：此鸟初生，母哺六十日，长则反哺六十日。"意思是说，小乌鸦长大以后，老乌鸦不能飞了，不能找食物了，小乌鸦会反过来找食物喂养它的母亲。这一温馨的故事无论在科学范畴中是否具有颠扑不破的普世性，都无妨其作为反映中国家庭结构独特性的借喻。

西方则不然，上一代有抚养下一代的责任，下一代却并无赡养上一代的义务，每一代都只向下承担责任，就像接力跑步一样，把接力棒一段一段去往下送。费孝通称这种模式为"接力模式"。**接力**的家庭结构不必要"孝"的伦理。

费孝通在《家庭结构变动中的老年赡养问题——再论中国

家庭结构的变动》一文中用了一个公式来表达中西方家庭结构的差异：

$$西方的公式：F_1 \rightarrow F_2 \rightarrow F_3 \rightarrow F_n$$
$$中国的公式：F_1 \rightleftarrows F_2 \rightleftarrows F_5 \rightleftarrows F_n$$

在此公式中，F代表世代，→代表上一辈对下一辈的抚育，←代表下一辈对上一辈的赡养。在"接力模式"中，孩子没有赡养的义务，故而是单项的；在"反哺模式"中，父母有抚养义务，孩子有赡养义务，故而是双向的——即哺育—反哺共同分担义务，共同承担责任。

从历史的实情看，在中式"孝道"伦理中，还有一个相应的观念与之配合，即"多子多福"。"孝"是千百年来的中式伦理，其字形也是千百年来中国家庭结构的"图解"："孝"的上面是"耂"（老人），下面是"子"（孩子），二者合成一体。所谓"子承老也，善事父母者"。

众所周知，中国传统的"家"是以宗族为社会基本线索的发展模型。家庭兴旺使得中国家庭的所有成员具有共同承担—分担家庭责任的义务，也有"一荣俱荣，一损俱损"的连带关系。看一看《红楼梦》里四个家庭的发展史就清楚了。

在文明类型上，中国属于传统的农耕文明，以小农经济为基本模型。小农经济又称为以家庭为单位的"个体农民经济"，完全或主要依靠自己劳动，满足自身消费，是一种小规模农业生产模式。在这样的经济模式中，家庭成员无形之中也承担一种社会分工。除了男耕女织的性别分工外，还有大家庭中的成员分工和互助关系。也就是说，中式的反馈—反哺模式是一个以家庭—家族为单位的自给自足的经济模型。

可是，这种传统到了20世纪70年代就中断了，我国实行的"计划生育（独生子女）"政策对传统的家庭伦理模式产生了重大的影响。1978年，计划生育政策正式写入宪法："国家推行计划生育，使人口的增长同经济和社会发展计划相适应"，国家"提倡一对夫妇生育一个子女"。直至2016年1月1日，修订后的《中华人民共和国人口和计划生育法》做出新的规定："国家提倡一对夫妻生育两个子女"，施行了三十多年的独生子女政策宣告终止。

三十多年的独生子女政策使得传统的多子多福—孝道伦理受到了史无前例的挑战；反哺模式虽在发展中艰难地维系，结构上却已经发生了松动。在近半个世纪的生育政策变迁中，传统的孝悌观念与现实中独生子女成婚后的家庭困境形成冲突：下有孩子，上有四位老人。"反哺"陷入艰难的困境，遭受了空前的挑战。

改革开放以来，西方的家庭价值观也潜移默化地进入到中国社会，对传统的中式家庭结构和"反哺模式"产生了一定的消解作用。有些人认为，随着全球化的到来，我国城镇化进程的加速，中式"反哺模式"将逐渐为西方的"接力模式"所取代。

未来的中国家庭果真会如此吗？我认为还不至于。虽然中式传统的"养儿防老"观念已经逐渐退出历史舞台,但如果几千年形成的传统价值这么容易就发生骤变、质变和退变,我持怀疑态度。

现实的家庭模式虽然已经从传统的"反哺模式"中走出,却并没有、也不会完全走向西式的"接力模式"。理由是:中国传统的农耕文明并没有根本消亡,乡村振兴还在坚守和持续,"家国社稷"的基本价值观还在,以家庭为核心的社会关系仍然延续着,只是传统的"反哺模式"可能转变或转化为新的模式。以下就是一种可能,即"隔代模式"。

$$隔代模式:F_1 \to F_2 \to F_3$$

"隔代亲"是一种独特的养育现象,也有生物例证。据相关动物科学家的一项实验表明,虎鲸间也存在"隔代亲"现象,尤其在缺乏食物的时期,祖母对其孙辈的生存机会有着最大的影响力。"虎鲸现象"是否具有普遍性尚不可知,但人类具有普遍的"隔代亲"现象是可以确认的。

那么,"隔代亲"是否有机会成为一种家庭结构在转型过程中的模式呢?至少,西式的"接力模式"并不具备向"隔代模式"转换的可能。虽然在"接力模式"中老小之间的亲情关系并不受影响,但却不会产生隔代抚养的责任与义务。具体而言,西方的家庭模式也有"隔代亲"的情感现象,却总体上不会出现事实上的"隔代模式"。试想,西方人连孩子都只养到18岁(成年），更没有义务去养育孩子的下一代了。

中式的"反哺模式"与"隔代模式"相互调适则完全具有可能性。在这一模式中，F_1与F_3并不需要形成绝对的"反哺"效益，法律上也不会因为孙辈不赡养祖辈而受到处罚。但事实上，中国家庭结构在历史转型中已经出现了明显的"隔代模式"，即在第一代与第三代之间的"跨代际"抚养模式。具体而言，由于父母或是离家创业，或是进城打工，或是到国外留学、工作，爷孙之间的"功能性需求"急速提升，许多孩子都是"爷爷奶奶（姥姥姥爷）带大的"。虽然当代中国基本上已经失去了传统"大家庭"相对固定的居住方式，但世系关系（lineages）仍然以特殊的形态牵制家庭结构，这是中华文明的传统价值观决定的。可以预期，在当下或未来的某个历史阶段，"隔代模式"作为一种社会转型中的家庭结构模式，因其十分契合中式家庭在转型过程中的基本功能的需要，将会继续维持下去。

民间有一种说法："老小老小"。说的是老人像孩子，不仅需要照顾，还固执倔强。而老小之间心智上往往十分默契，经常爷孙在一

高频率景观：爷爷带孙子（作者摄）

起还窃窃私语,讲悄悄话。难怪有一次我的女儿告诉我的外孙女"外公是妈妈的爸爸"时,我的外孙女当即就反驳:"No, he is my friend!"我忽然意识到"friend"原来就是"老小"的意思。

　　我忽然有了一点感悟:"隔代模式"或是对传统大家庭(家族)昔日风光失却的一种补偿。

老小friend(李哲摄)

"养老"的社会纠结

我喜欢唱歌，尤其喜欢那首《当你老了》。

《当你老了》是英国诗人叶芝于1893年创作的一首诗，以表达对女友茅德·冈的真挚爱情。

2014年中国音乐人赵照将叶芝这首诗改编成歌曲，在《中国好歌曲》大赛上自弹自唱，借以表示对母亲深沉的感情。2015年歌手莫文蔚在春晚上演唱了这首歌，唱哭了许多人，这首歌随即传遍大江南北。

  当你老了

当你老了　头发白了

睡意昏沉

当你老了　走不动了

炉火旁打盹　回忆青春

多少人曾爱你青春欢畅的时辰

爱慕你的美丽　假意或真心
只有一个人还爱你虔诚的灵魂
爱你苍老的脸上的皱纹
当你老了　眼眉低垂
灯火昏黄不定
风吹过来　你的消息
这就是我心里的歌
当我老了　我真希望
这首歌是唱给你的

我喜欢这首歌，因为歌词婉约，旋律低沉，好听上口。

还因为，这首歌的场景很有画面感，诗—画—歌一体。

还因为，这首歌是我们听惯了高亢歌曲后难得听到的一首走心的歌。

还因为，这首歌所唱的内容和场景正在走近自己。

还因为，这首歌触发了我对当今社会养老问题的思考。

不知怎地，当我提起"中国老人"的话题时，眼前会闪现出罗中立的油画《父亲》。因为，这一形象太传神，太有代表性。

当我们面对"父亲"时，我们会在心里发誓：要为他们养老送终！

而今，当我们，他们，你们老了的时候，还有谁发誓为我们养老？

"养老"的社会纠结

沉默——没有人再发这样的誓了。

这种社会关系的断裂在今天出现,很冷酷,却是现实。"孝"字的"上老"与"下子"成了"老""子"分离,古训"百善孝为先"早就被人抛到了脑后。

于是一个问题随之出现:中国数千年的传统中,养老从来就不是问题。何以今天成了问题?

大家知道,中国传统社会是乡土社会,一个大家庭,大家族,大氏族,大聚落,大村落,多子多福,四代同堂,尊卑有序,命运共同,一荣俱荣,一损俱损,没有什么养老问题。即使是家族中有人没有孩子,或者个体遇到什么灾祸,同室宗亲也会为其养老送终。村里有人生孩子,大家会来送红包;村里有人结婚,大家要来喝喜酒;村里有人盖新房,大家会来帮助"上梁";村里有老人死了,大家会来帮助抬棺材"下土"。孩子中若有弃老不孝者,会遭到同族同宗唾弃。甚至会被逐出家门,成为"流浪狗"。

即使是在城市,这一伦理和原则也都如影随行。中国的城市古代也叫城邑,归根结底是从乡土中来。我曾经对"邑"做过考述,简单地说,中国的"城"从"邑"来,中国的"邑"从"田"来。城里的"街坊""邻里"还是借用乡里的原型,甚至连"国"都是依据田地的阡陌形制建造的。所以,以前的中国人从乡下到城里,根还扎在乡土,包括读书进城当官的,养老也都会"告老还乡"。

反正在几千年的传统中国社会,老了就回老家,回老家就有人养。而且老人是村里的智者，是家里的宝贝——那民间不是都这么说，"家有一老，如有一宝"。现在变了，变得有点光怪陆离。社会转型确实会这样，来了就避不了，只能迎着上。不幸的是，这一重大的"社会转型"恰恰落在了我们这一代人的身上，我们成了最早的"吃螃蟹者"。

我们这一代人，20世纪五六十年代生人。青春期遇到了晚婚，生育期遇上了晚育，还撞上了"一孩政策"。那个时候的专家都在报纸上发文章，说是晚婚晚育有什么好处，而且还搬出了很多科学证据。好了，现在我们老了，即使当年生下的那一个孩子幸得成活，当他们成家有了孩子，上面却有四位老人。设身处地为他们想，他们是无力赡养的，哪怕他们还尽力地保持或遗留下了孝心与孝道。

而我们的父母如果高寿，现在还在世，还需由我们来赡养。比如我母亲今年94岁，我岳母今年92岁。身体都还好。我母亲更是了不得，我近两次回家探望，她都会向我要牛肉干，还要带一点辣。我母亲的牙口比我还好，真是福气。我祝愿她们长命百岁！说归说，心里却是发酸，那意味着她们只剩几年的寿了——可那是吉祥祝词啊，总不好说"祝你们万寿无疆"吧。我们年轻时曾经天天都说，心里却是明白，天下没有什么人可以万寿无疆。

然而，也是从我们这一代开始，伴随岁月的步伐，我们意识到：我们老了，从此再没人养了。我们送走了上一辈后，要开始过独立自主的养老生活。

于是，养老院养老、社区养老、商业养老、保险养老、自己养老、保姆养老、同学抱团养老、闺蜜合作养老、朋友购房养老、知青怀旧养老层出不穷，更有度假养老、酒店养老、飞行养老……五花八门。反正，"个人养老"已经成为社会普遍的概念。现在的孩子们不再养，无力养，老人只能自强不息！

"养老"在传统社会从来都是个人事务，至多属于宗族—家庭内务，与国家没什么关系。在中国传统社会，广大的乡土社会（具体地说，指古代县以下的乡村）是自治的，实行的社会权力叫作"同意权力"，就是按照家庭、家族、氏族关系，以村为单位自主进行管理。养老当然也就属于"家里自己的事情"。

那养老问题什么时候与国家发生了关系呢？只是近几十年的事情而已。根据费孝通的说法，国家权力叫作"横暴权力"（有关"同意权力—横暴权力"的分类表述请读者参阅费孝通的《乡土中国》）。原来范围很小，只管县以上的"官僚社会"；现在变得很大，一直下放到了村一级。这下可好，既然国家的"横暴权力"一路下到了"家"，原来家里的事务，包括养老事务就只好上交给国家了。可是国家又管不了那么多的"家庭事务"，最后怎么办呢？那就只好"自己养老"：个人成了"最后的第一责任人"。

这，就是问题的关键所在！

我们同时注意到，社会的快速发展也加剧代际之间的裂痕：观念、价值、行为、举止……差异越来越大。我们孩子这一辈，由于是"独生子女"，父母把他们当作掌心里的宝，他们的孩子经常是他们的父母来带。也就是说，我们这一代人同时要管四代人：自己、父母、孩子、孙子。可是，我们的孩子这一辈，他们会感念父母的养育之恩，但是要他们去管他们孩子的孩子（孙辈），他们多半是要摇头的。再往下，像00后的这一代，恐婚、恐育情绪已经悄然蔓延。再往下，或许丈夫、妻子中已经有的是"智能机器人"了。我曾经看过一部电影《我的女友是机器人》，还真挺感人。未来的家庭会是什么样，难以预测。

所以，我们只讨论当今社会急剧转型下的养老问题。

"老"是一个过程，如果你退休以后身体还健硕，你大可享受生命；可是如果你不幸患上阿尔茨海默病，或是其他慢性病；你坐上了轮椅，你耳背眼花，你大小便失禁，你手拄拐杖，谁来管你？

我国现在已经陷入了这一"社会转型"的历史尴尬之中。于是我就想，难道我国几千年的乡土智慧就这样被连根拔去？难道中华孝道传统就如此快捷地散落干净？难道我们的社会就不能从过去的养老智慧中吸取些什么？难道我们的乡土社会就这样从此改道？难道我们只会搬运西方的养老模式？

我不相信！

于是，我转过头去看西方社会。西方社会按照费孝通的说法是属于"接力社会"。父母把孩子养到18岁就不再管了，孩子也没责任给父母养老送终。所以，西方的老人自己养老已成惯习。西方的人群聚集是"社区式"的，大家都是来自四面八方的"公民"（citizen），没有血亲关系。养老自有一套，自成传统。

我又转过头去看日本，也询问弟子张颖。她告诉我，日本人"家"的情况与我们不一样，日本传统的"家"是由武家社会的民法制度建立的，以家业为中心。也就是说，日本的家不是从宗族分支出来的，是根据业缘聚集在一起的。日本传统并没有我国传统的"血亲"家族的背景，如果有的话，那就是与"业缘（行业）"同构的传统。所以，日本企业和行业也会承担起"家业共同体"养老的责任。

我在日本访问时也看到过不少"株式会社"（日本企业的代名词）类型的墓地。日本的社会养老有其自己传统的轨迹。

既然西方社会、日本社会的养老体制与我国都不相同，那么简单地模仿、移植都不可取，唯一的方式就是在自己的传统中去寻找，守正创新。

位于日本高野山的公司专属墓地
（张颖摄）

日产自动车株式会社公共墓地
（张颖摄）

只是，从传统的乡土社会中去找寻具体的方式，来应对当今的社会养老问题，并非良方，而应在整体性传统礼仪伦理中得到解决。今天，我们的养老出了问题，或许并非完全是社会变迁的问题，因为社会变迁从来就在发生，从来没有中断。

仔细想来，我国传统乡土社会的养老制度其实是建立在血亲和宗亲的基础上的，以此为依据建立起了中式"乡土"的社会伦理结构，并以礼制加固之。"家国天下"其实正是这一礼制治理的诉诸方式。而我们今天仍然承继了这一治理体系中的理念，却断裂了养老的链条。所以，当前我国养老问题的出现，社会变迁只是表象，社会转型只是表述，实则是我国传统的礼仪伦理的整体失落。

也就是说，我们今天遇到的不仅有养老问题，也有孩子成长、性别失范、婚姻与就业问题，等等。总之，按照人类学的人生"通过礼仪"（The Rites of Passage）——从生到死的所有社会事务全都有问题。"问题"在这里没有刻意的贬义，而是指我们面对如此急速的发展，社会出现我们以往没有遇到的新问题，我们需要以新的姿态去面对。

同时，现在的社会问题也不是单一性学科的问题。养老问题如果从专业上看，似乎应该是社会学去研究解决的，可是，单一的社会学解决得了吗？解决不了！我也曾经试图从人类学的角度去寻找一些可以借用、继承、传袭的方式和方法，结果失望了。因为养老远不只是一个具体的社会现象，而是需要全社会综合治理的问题，是我国传统的礼仪文化遗产整体失落导致的问题，甚至究其根本还牵涉土地问题。

因此,我的建议是:在国家层面迅速推动乡村振兴中的中华礼仪复兴工程。

刚写完这篇小文,到厦门大学的原曾厝垵属地去散步。曾厝垵是闽南的村落,其实就是曾家村,只不过闽南人把村落叫作"厝",也就是"家"的意思。在曾家村我看到了这样的广告牌:

曾厝垵的"广告"(作者摄)

这朴素的告白似乎是历史的留白,嘱我们反思当下。

"吃了没?"：礼藏于食

中国的传统文化最为务实，也最为务虚。在务实中务虚，在务虚中务实。虚虚实实，很有意思。这听上去有点矛盾，其实充满道理。"务虚"者，中国古代哲学中诸如"无为而为""子鱼非鱼""大音希声""大象无形""道而非道"，等等，玄而又玄。文化其实都是悖论的，因为说不清楚。除非你闭嘴，一开口就悖论。比如当你说文化有一种特点时，文化的对立性特点立马就显露出来，特别像中国传统文化如此博大精深，仿佛什么也没有，其实什么都在。

说起"务实"，最真切的例子是：中国人最通常的打招呼方式："吃了没有？"在西方国家是不可能听到这样的"招呼"的。如果有人在欧美打招呼说："eat, eaten?"只怕人家会把你当傻子，因为对他们来说那有些无礼。你可能会说，那是"文化习惯"。那也说不通啊，难道中国人在习惯中都那么饥饿，所以一见面就关心人家生命攸关的饮食大问题？

看来需要理一理。

我们都说中国是一个"礼仪之邦",这没问题,是**历史事实**。来自"礼仪之邦"的人大致是有礼貌的,这没问题,是**社会事实**。有礼貌的人在打招呼的时候说"吃饭没有",这没问题,是**生活事实**。把历史事实—社会事实—生活事实贯穿在一起,就成了具有"中国特色"的原理。到博物馆看一看,只要有中国的古董,就会有一个"礼器专区",而中国的礼器大多与吃饭有关。像鼎、爵、尊、簋什么的,实在太多了,叫也叫不过来。

鼎是煮饭用器 　　爵是喝酒酒具 　　簋是盛熟食器具

难怪《礼记·礼运》会这样表述:

> 夫礼之初,始诸饮食……陈其牺牲,备其鼎俎,列其琴、瑟、管、磬、钟、鼓,修其祝嘏,以降上神及其先祖,以正君臣,以笃父子,以睦兄弟,以齐上下,夫妇有所,是谓承天之祜。

也就是说，对于人来说，没有吃的，哪里来的"礼"？司马迁的《史记·管晏列传》中引用过这样的句子："仓廪实而知礼节，衣食足而知荣辱。"意思是说，老百姓只有在粮仓里堆满粮食的时候才会讲礼仪，人民要在吃穿无虞的情况下才知道荣誉和耻辱。

更有意思的是，"礼（禮）"这个字原就与吃饭有关，是"吃"出来的。甲骨文的"礼（禮）"是这样的：

王国维认为，"豊"最初是指以器皿（即豆）盛两串玉祭献神灵，后来兼指以酒祭献神灵（分化为醴），最后发展为一切祭神的统称（分化为礼）。后来许多学者都认可这一见解。反正"礼（禮）"与两个因素有关：饮食与祭祀。《说文解字·示部》："禮，履也，所以事神致福也。从示从豊，豊亦声。"用我们今天的话说就是："礼"就是用器皿装着好吃的酒菜进行祭祀活动。近来读到一篇文章，专门解读"豊"，其中也讲到与"豆"的关系。《礼记·乐记》载："簠簋俎豆，制度文章，礼之器也。"簠与簋，是两种盛黍稷稻粱之礼器。

甲骨文"礼（禮）"

如此看来，自古以来，中国人就以食为礼。所以，咱中国人见面时以"吃饭"来表达礼节，是正宗的礼仪传统，而且不虚伪——民以食为天嘛。

礼仪之邦的后人打招呼时用吃饭来表达关心，无形中也在传承"礼仪"。这虽然有点诡辩的意思，可是基本还在"礼—理"

上。大家知道，在中国古代社会，"礼"是重要的社会价值和伦理规范。中国乡土社会的秩序正是靠"礼治"来维持的，人们的言行举止都要符合。同时，它还是一种仪式——这也是为什么我们把"礼仪"放在一起的原因。费孝通先生在《乡土中国》之"礼治秩序"一文中指出，礼是按着仪式做的意思。礼原本是从"豊"从"示"。"豊"是一种祭器，"示"是指一种仪式。

概括地说，中国的"礼仪"是一体的，"礼物"也是一体的，三者互为你我，并历史性地演变成为社会伦理与道德规矩。礼节需要仪式来说明和证实，仪式需要器物和牺牲来充实。当面对考古新发现的上古器物时，人们第一个共识是：这些文物中最为典型的都是盛具。于是我们相信，那些珍贵的古董原来就是在仪式中装东西的，多数用来吃喝，只不过那种吃喝的功能和意义与身体功能上的果腹有所不同，成为一种特殊的"礼仪"了。

我们放眼看看原始社会的"狩猎—采集"，农业社会的"驯化—栽培"，游牧社会根据季节变化的"放牧—圈养"等，都是围着"吃"进行的，没有例外。"吃了没"的招呼礼节是如此符合人类发展的历史。而这些古代礼器又作为历史的凭证，见证了中华文明悠久而深厚的饮食文化。

一句"吃了没"，蕴含了中国人如许的智慧，所以我说，"礼藏于食"，毕竟有粮食，有饭吃，就富裕，就幸福。

送礼与收礼的道理

在日常生活中，送礼与收礼都是发生和将发生，遇到和会遇到的事情。这是现实，也是传统。但要说送礼与收礼还有什么"道理"，好像有些不合时宜。我们今天的社会正在进行"反腐倡廉"，其中送礼与收礼都有可能被认定为"腐败行为"。也就是说，"送"得不好把自己"送"到监牢里去了，那还能有什么"道理"啊？

要我说，送礼与收礼不仅有道理，而且还有"大道理"！把送礼—收礼作为腐败行为的重要原因，是没有搞清楚其中的"道理"。明白了，搞清楚了，就不会变质成为腐败行为，而是适当的行为。

那些被送进监牢里的"腐败分子"，他们根本的错在于：把人民交给他们的权力作为"礼物"拿去交换，而他们却没有这份"交换的权力"。这就像一份佳肴，在合适的时候请合适的人吃，那是"礼物"；在不合适的时候请不合适的人吃，就可能成了"毒药"。今天有所谓的"官场尚礼,害莫大焉",其实只说对了一半。要说送礼之风,自古皆然。重要的是,看你怎么实践个中道理,错不在于交换而是用什么去"交换"。如果送礼—收礼被"送"进了监牢,那说明他们笨,没弄懂道理。其实,我国古代也有很多人前赴后继,死不悔改的。

送礼与收礼是建立社会群体关系的重要媒介,你要是到人家家去,两手空空,那是不行的。再比如过年如果缺少送礼与收礼,不"送红包""收红包"那还叫过年吗?!说明这些礼节都是交流和交往的重要条件,所谓"礼尚往来",这是中国人交往的重要伦理,也是"礼仪之邦"的"道理"。

我每年在过春节的时候都会收到很多的礼物——送来的,寄来的,还有几份连名字都不标明,我还得去"破案"。当然,这

中国的礼盒装着眼花缭乱的"道理"(李哲摄)

些礼物绝大多数都是那些叫我作"师父"的弟子们送的。我当老师当了一辈子,如果到了过年都没有学生送礼物,那我这个老师也当得太失败了!我每年也要送出很多礼物,包括回给弟子们的,甚至弟子的孩子们的。当然也要给亲戚朋友礼物,要给外孙女"红包"。这才是过年,这才叫过年!

人类学对"礼物的交换"可谓研究深矣,有非常多的成果,读者不妨找一些来读读。人类学是专门研究"人"(人类社会)的,研究的正是"人的道理"。了解一些人类学知识,能教你怎么"做人"。

人类学是怎么讲"礼物的道理"的呢。有一位名叫莫斯(Marcel Mauss)的人类学家写了一本书,书名就叫《礼物》。他从"礼物"的交换和展示等形式入手,从"礼物"所表现出的简单经济交换关系,深入到社会内部的整体关系,提出了"整体馈赠原则"。这个原则有三个相关的义务:给予、接受和回赠。这是人类学研究"礼物交换"的重要基础,也是生活的原则。

从大的方面说,人是社会的人。人作为生物物种本来就是群体性的,需要建立"群体关系",也就是我们所说的"社会关系"。那"群体关系"遵循的原则是什么?

莫斯的《礼物》英文版书影(作者摄)

莫斯告诉我们是"整体馈赠原则"。我把这很晦涩的表述说得通俗一些：人类社会就是"送礼—收礼—还礼"的关系社会。

说到礼物，虽然只有两个字，可是不简单。它是"物"，却要合"礼"，才算得上"礼物"，所以它是一种特殊的"物"。"礼物"附着了两种基本的特性：一种是物的构成，一种是礼的构成，只有合二为一才能构成"礼物"。比如在当今中国社会，送茶、送酒都是"物质"；人们可以在"物"（经济）上加以评估。如果你到市场买回家自己喝，那算不上礼物，只有买了"送人"才成为礼物。因为在"物质"上附载了社会的特殊价值，已经无法在经济上进行准确的评估了。也就是说，当某一种物质被当作礼物时，就难以再用市面上的"价"来衡量了。

比如在中国，茶经常成为礼物的友好使者。我作为老师，作为师父，每到过年都会收到弟子们送来的茶叶。它当然有"市场价"，可是我不知道，不在乎，不以为然。我知道的，在乎的，是师生之间的那份情义和情谊。如果把这些东西放到商场上，它们是食物，可以食用，却不能称之为"礼物"，因为无"礼"可说，可兑。可是学生送给我的就是"礼物"，同样的物质构成，却附加上了"礼—理"。

说一点笑料。当我把同样的东西送给我的美国老师，"礼—理"就出现了些微的差别。依照惯例，每次我的美国老师来中国，或是我去美国，我都要给他送礼，也经常送茶，因为茶产自中国，中国的茶全世界最好。令人捧腹的是，有一次，美国老师很认真地跟我说:"兆荣,你以后不要再送茶给我了,你也叫你的朋友和学生不要再送茶叶了,我家的抽屉都装不下了。"他没说其他的东西不要送了。其实我家的抽屉也装不下送来的茶叶了,可是我不能跟我的学生、弟子们说这样的话。是虚伪吗?不是的。这是中西方"礼"的细小差别。

中西方两边的差异在于:就美国老师收我们送他的"礼物"而言,"物的功能"是第一位的;"礼的意义"是第二位的。而就我收我的学生和弟子所送的"礼物"而言,"礼的意义"是第一位的,"物的功能"是第二位的。这里并没有好与坏、对与错的问题,只是中西方赋予"礼物"之"礼数"略显差异而已。所以,对西方的朋友,不能完全按照对待中国的朋友一样的方式。毕竟"礼数"不同,感受也不同。

礼物当然具有"物"的品质,它在不同领域有不同的意义。比如在经济学中,礼物既可以是"商品"(commodities),也可以指"货物"(goods)。如果是商品,主要就是用来交换。如果是货物,就只是一个总称,强调它的存在。至于它用作什么形式,要放到不同的语境中来实现它的期待价值。在经济社会,人们已经很习惯把礼物当成交换的"商品",经常忽略它首先是一个存在物。它的现象性存在远比可计量的商品本身广泛得多。比如,有一次我的一位中学同学把一张我们年轻时的合影送给我当作"礼物",我非常感慨,感慨我们曾经的岁月,感慨情义无价。老照片是礼物,却不能成为商品;而我却把这份礼物看得很重,因为它对我来说"很有价值"。

礼物大多是"物品",物品可以用于交换,交换表现出各种价值,包括特殊的价值(value)。一当物成为商品,就意味着它要进入流通领域,通过流通领域中的交换方式以显现公认或双方认可的价值——可以用货币体现其价值。所以,在经济学研究中,商品的价值是一个基本的命题。但把物品置于社会关系中就不是那么简单了,有时候它们没有什么"利润"问题,只是生活中的互通有无而已。

费孝通的英国老师,著名的人类学家马林诺夫斯基通过他在特罗布里安岛(Trobriand Islands)的调查,发现这个西太平洋岛屿上的民众有一些很有意思的交换形式,其中有一种叫作"金瓦利"(gimwali)。这是一种纯粹的物与物交换形式,主要原则就是互通有无。岛上民众沿海居民以捕鱼为主,而内陆和山地居民则以种植山芋为生,他们根据自己所生活和居住条件的差异,以满足渔民和山民在生活上对各自缺乏物品的需求为交换目的。这有点儿类似我国的民间市场,像集市、"赶墟",老百姓把自己的东西挑到集市上换回需要的东西。

礼物就像魔方,可以转来转去地变换颜色。比如商品的价值并不仅仅表现为交换简单性和计量性,它潜伏着某种"权力"。"价值"经常被用于特殊的目的,它可以在经济范畴内获得最大的利益和利润;也可以超越经济范围,获得政治或道义上的价值。难怪有学者把这种潜伏价值称为"政治学价值",也有所谓的"道义价值"。比如,某一个国家或地区受灾,特别是天灾

（自然灾害），其他国家、组织、群体或个人都赠送物资去"救灾"，此时的"礼物"就是政治性的和道义上的。

其实，这种"相助"也潜藏着"交换"关系。虽然表面上大家都不说是"交换"，但遵循的依然是"馈赠原则"。将心比心就明白了，你可以说那叫"慈善"，那是"道义"，你也可以说其中有"附加值"。

礼物也被当作一种社会交际和交流的媒介。前提当然是"人情社会"，尤其在中国，所谓"人情世故"。现在有些小青年，学着西方的交流和交际"范式"，搞什么"AA制"。那不是中式的交换原则和交流原理，不符合中国的"人情世故"。

简单地说，"送礼—收礼—还礼"是一个完整的闭合程序，但要实现它的功能效益，却需要把它放到具体的语境和背景中。把中国的这一套移植在西方社会，效果不好。原因是，西方是一个讲究"个体自由"的社会，而中国则是一个讲究"群体互惠"的社会。当然这也只是整体上说说而已，说西方社会没有"群体互惠"那肯定是偏颇的，我只是想突出中国的乡土社会传统。

当然，说中国是一个传统"乡土的""人情的"社会，还是太笼统。具体到这个社会的不同阶层，"送礼—收礼—还礼"的策略是不同的，有时差异非常大。尽管在"送礼—收礼—还礼"的程序上仍然表现出一致性，但还是要具体问题具体分析。比如大学老师一般不需要给行政领导送礼，有些人说这是知识分子的"清高"，对，却不完全对。

其实现在的许多CEO、各级领导,都是知识分子,他们都很明白"交换"的事理的。到了大学,不是不会,而是不需要。换到生意场,需要客户,他们是要搞的,他们也要学着搞,否则就没有"客户",没有"关系户",那"生意"还怎么做?这样说听起来有点俗,可是那是"世界道理"。

这样说好像大学成了"另类社会",这也不对。今天的社会,所有的"影响因子"全都会降落到大学。现在的大学几乎没有什么特殊的地方,大学的"围墙"已经被拆了,师生关系也越来越世俗化了。中小学生的家长们为了让孩子上一个好的小学、中学,给老师"送礼"曾经很频繁。到了大学,学生的家长不给老师送礼,换成了学生给老师"送礼"。想当年,孔子老师在招收学生时是收了"肉干"的。可人家孔子那个时代遵循的是"礼义",现在更多的是"交换"。现在社会上不是到处都能看到"谢师宴"吗?我在这个上有点突兀,也学着搞起了"谢徒宴"。

有的时候,送礼与收礼的社会交换与经济价值无关,而且也不需要偿还。世间并不是所有的礼物都要用我们习惯上的利润与互惠来实现和兑现。有时连那些所谓的"礼物"在生活中都没有实际用处,却不妨碍交换。也就是说,没有"用"的东西也可以交换。马林诺夫斯基在特罗布里安岛调查时发现,那里不仅有互通有无的"金瓦利"的交换模式,还有另外一种交换模式叫作"库拉"(kula),它也是一种"物"的交换,所不同的是,"库拉"交换的不是具体的生活物质,而是声望、威望等象征性东西。具体而言是用红贝壳项链和白贝壳臂镯按照不同的方向进行交换,最后看谁拥有这些东西多,谁的声望也就大。

我们今天绝大多数人都是通过市场经济的价值来看待"礼物"的,这太功利了。在人类社会的不同形态和不同历史阶段,人们并不都是"向钱看"。在很多情况下礼物不用于囤积以取得价值累积和增值,也不通过交易以获取市场利润,而是通过赠与以赢得声望和权力。

这在我国经常表现为"面子"。"声望""面子"其实是一种无形的且难以衡量的价值,有的时候比命还重要。我有一位中学同学,他在20世纪90年代生意做得非常好,当时他几乎每到周末(只要他在家),都会把同学们叫到他家去"豪吃"一整天。这样的款待持续了两三年。我有空也会去,没有AA制,不需要还礼,甚至连歉意都不需要。他只为了"面子",我们只是为了给他"面子"。后来,他的生意垮了,就再也不请了,甚至连人影都消失了。我也已经好些年没有了他的消息了。

人类学对"礼物"的研究还有很多角度,比如把"礼物"当作与"神灵"的交换。在沿海地区的民间社会,经商者在生意开始的时候会到庙子里去"祈愿",生意做成了要去"还愿"。甚至生活中的许多重要事情,娶妻生子、祈求健康等,也会去行这些礼仪,很平常的。读者有空可以去普陀山看看,那"香火"很盛。其他如部落与部落之间通过"女人—婚姻"进行交换等，法国人类学家列维-斯特劳斯说得很清楚，我就不说了。

看来，送礼与收礼还真不是一般的生活锁事，其中的道理可谓大矣。人生在世，"礼莫大焉"。无论如何，咱中国人都是"礼仪之邦"的后人，不了解"礼"，玩不转"礼物"，同样也要不得。

闽商的文化人格

我记得一位当代西方大家提出过一个观点，大致是说，传统中国是一个专制帝国，在政治上和地缘上，"官宦"坐镇"中心"，代表着专制与正统文化；"商贾"地处边缘，特别是东南沿海，代表着商贾文化。二者在历史交集过程中总体上是官宦强而商贾弱，所以在一般的情况下表现为"商怕官"。商贾为求安稳，会以贿赂的方式向官宦示好，但是如果仍然无济于事，或是出现大的历史变动，诸如朝代更替或局势不稳，他们的生计受到威胁时就会离家出走，到海外发展。所以现在海外华人华侨主要来自闽粤两地。

这个观点是否符合历史？大家无妨自己去想，意见无需统一。在帝国政治体系中，"官本位"是前提，无论认可与否，这都是历史事实。在这样的社会结构中，"商"被排挤。我国古代一直有所谓"士农工商"的排位，第一是当官的、读书人，第二是农民，第三是工人，第四为商人。所谓"卑之曰市井，贱之曰市侩，不得与士大夫伍"说的正是商人；民间更有"奸商"之说。反正商人的形象和社会地位在古代一直不好。

既然官—商的关系是"商怕官"，商贾文化又如此不受尊重，何以闽粤商贾文化固为传统？

大家知道，中华正统文明属于内陆型农耕文明，代表海洋的商业文化在几千年的历史延续中基本上处于不受重视的局促状态，而像福建，特别是闽南地区，没有平原，没有肥沃的土地，世代伴着海洋讨生活。海洋便于交通、交流，当然也就便于交换、交易；这样的道理大抵是说得通的。到泉州走走看看，就能够体会到。

边疆的地方，边缘的人群与海洋的文化也自然而然地形成独特的文化圈（cultural circle）与文化带（cultural area），成就多样的独特性。同时，相较于中原地区，地处边缘的传统文化保存得更好。原因是，历史上的政治变革对其影响不太大，所谓"天高皇帝远"。加上山海隔绝，地理上的天然屏障使文化得到了很好的保护。

人类学有一个"文化人格学派"，大致是说儿童在同一种环境中成长，那些特殊的环境、文化与教育等因素在他们的成长过程中形成了决定性影响，使他们具有了相同的"文化人格"（cultural personality）。同理，在同一个区域生活的人们，也会因为特殊的历史因素、特别的生态环境以及特定的人缘交流，形成一种共同分享的文化。

这方面，闽文化的特色就非常明显。以语言为例，闽南地区在方言上显得非常"突兀"——如果不属于这一区域的人基本上是不可能听懂他们的。在外人面前，他们的语言交流完全不需要担心"隐私外泄"，不属于他们文化的人，连猜都猜不起。以前福建人的普通话说得不好，不自信，很自卑。现在不了，反正普通话说得不好，我干脆说我的"特色普通话"。更有意思的是，直接把福建方言转成"普通话"用于商务，比如"福建"说成"壶见"，把它们用于餐饮的LOGO，令人捧腹。

把"壶见"等作为餐饮符号（作者摄）

  他们的语言表述有自己的特点，他们讲的方言，除了外地人听不懂之外，据说还遗留下大量"中原人"记忆的语言特点，特别表现在与现行普通话词组顺序上的差异。比如我们说"公鸡—母鸡"，闽南方言说"鸡公—鸡母"；我们说"台风"，闽南人说"风台"。此类例子比比皆是。所以，闽南方言学者时常流露出一种自豪感，认为闽南方言保留了更多中原古汉语的特点。有趣的是，闽南文化有时又表现出奇异的矛盾。比如闽南人的名字就很有意思，要么无比"守旧"，要么非常"时新"。我的清洁阿姨大名叫"黄豆皮"，过去十几年，我经常买水果的一个小摊老板名叫"许乌鸡"。但闽南人取名为"洪红旗""林革命"的也很普遍。

  闽南文化对中华文化的固守非常明显。尽管他们不在政治中心，不属于文化主流，却不妨碍对我中华民族的认可、执着和坚守。一个历史事实，清朝时，东南沿海一带在很长的历史过程中是不被承认的。他们以自己的方式"固守"汉族的本位传统。比如我们厦门大学所属的区叫"思明区"（意思是"思念明朝"），厦门大学正门（西门）的路名叫"演武路"，后面的操场叫"演武场"，操场后有一个小学叫"演武小学"。反正很多取名"演武"的——"演武"就是军事演练。

厦大校园内的"演武"遗址（作者摄）

顺着"演武"讲一个只属于闽南的文化遗产——"博饼（跋饼）"。这项活动起源于福建厦门鼓浪屿，始于清初，由郑成功驻兵"演武"时所发明，现在成了闽南地区特有的"博饼文化"，并衍生出一系列传统民俗活动。据说是郑成功屯兵鼓浪屿时为解士兵的中秋相思之情，激励鼓舞士气，发明了这种既非常"传统"又非常"地方"的娱乐活动，一直传到今天。"博"是一种

"博饼"掷骰子   "博饼"现在是国家级"非遗"

棋戏，也指赌博活动。当骰子在大瓷碗里落下，发出叮叮当当的清脆响声，那不是"赌博"，是"拼命"，也是"拼搏"。

我不去做历史的评述，这工作我做不了。我只想由此表达闽南文化的独特性，以及由闽南文化熏陶出的"文化人格"。这样的历史背景奠定了海洋商贾文化的代表——闽商文化的基调。

闽商文化有非常显著的特点：不擅言辞，但吃苦耐劳；不刻意拉关系，但在关系中很讲义气；热爱家乡，但足迹遍布世界；坚守传统，但锐意开拓进取；非常保守，但又开放豁达；文化很"地方化"，同时却很"世界性"。"闽"字的字形也体现着这种辩证关系：门内是虫，出门是龙；门内是家，门外也是家，纵横捭阖。

我接触过几位闽南商人，大到亿万富翁，小到我的小兄弟。大商人李引桐是我的忘年之交，我专门做过他的家族企业研究，为他写了传记《从苦力到巨子》。我在《师说人类学》中提到过，此不赘述。

我要记录的是一位闽南籍的小兄弟。他名叫张卓先,年轻时曾经追随我,一起工作,一起玩耍。后来我们都到了厦门,他转而经商,事业发展得不错,但从不炫耀。他无私地帮衬过我的那些穷苦的弟子,我也曾经专门写过他,写给我的弟子,让弟子们知道感恩。兹摘录一段:

> 张卓先师叔,想是多数弟子都认识。他的外表总是那样朴素(悄悄私下八卦:他很有钱,嘿嘿),他的言辞总是那样平和,偶尔有一两句的冷幽默,自己却只是"嘿嘿"地发笑。
>
> 表面平淡的人,内心多半披着一块地方专门收藏浓烈;表面浓烈的人,内心常常怀揣着寂寥。张师叔属于前面那种。
>
> 说他是我的同学有些勉强,因为他的年纪比我小,辈分比我低。他曾经是我的同事,我们都曾在三明市的一间中等专科学校(三明卫生学校)任教。全校的女生,真是满目繁花似锦,难觅树干支撑。
>
> 我们当时是年轻老师,而且从里到外都是"男"的。张师叔教物理,我教政治。我的政治课上得好,好些粉丝早早就抢前座的座位。我给他们上中共党史,上得指点江山,激扬言辞,粉丝们总是显示出很陶醉的样子,眼睛半闭状。我飘飘然。现在想起来有点少年轻狂。

后来我总结了，要上好课，一定要收纳一些"粉丝"，他们之间会竞争；就像现在歌星的粉丝们，比尖叫声。一个老师的课上得好不好，就看学生们在听课时的竞争性强不强，老师在讲台上一看便知。再有水平的老师，课讲得不好，没有粉丝，就像诸葛亮犯了结巴的毛病，效果也差。

张师叔的课估计不太有人听，不过，他倒成了我的铁粉。我们常常在一起玩。当时我的身边总有几个小伙子围绕，一副很团结的样子。他们馋我的故事，馋我的人生哲理。张师叔是故事的受益者。他把我给他讲述的人生智慧变成了他自己的智慧；更重要的是落实在了他的实践中。这比我强，我只是会说，他却会干。

他后来离开三明的学校到厦门发展，成为老板，赚了不少钱，可却还像个平民。他不像现在的"土豪"，俨然一介平民富商。他的身上有我的影响，这是必定的，弟子要有不信者，下次可以找他求证。

来到厦门，我们兄弟偶有聚会，我的弟子的事务很自然成为一个重要的话题。彭门有一个特色，三多：穷孩子多，来自贫困地区的多，少数民族学生多。我敢打赌，在中国的博导中，招收西部计划类博士生最多者多半是我。我带弟子，不喜欢锦上添花，更愿意雪中送炭。

张师叔和我默契有了几十年，我在内心希望他能伸手帮助一下我的那些需要帮助的弟子，未曾想，我没来得及开口，他倒先就拿出了钱。当时，我有意在人类学系做一个公

闽商的文化人格

共基金,后来发现,公私之间的门永远是紧闭的,不要任意穿梭不同的门。公私不分的后果必定是到处不讨好——这是我当行政领导收获到的最后的人生遗产。

师叔的钱在后来的几年中被陆续地用于那些需要帮助的弟子身上,用于田野教学之中。我没有给他开收据,他不需要报销。他相信我。他知道我花在弟子身上的钱已经不少,没有人为我开票据,我也没处报销。都不需要,我们的内心都有一本账,那一本账的名字叫"嘿嘿"。

人生是什么,没有人回答得了,太大。师父和师叔明白一个道理:善待他人的最后善待者是自己!

师叔明白这番道理。对于师叔的善举,他总是淡淡地"嘿嘿"。

前几天,我从外地回来,到厦门已是夜晚。在机场竟然遇到了师叔,他来接人。他问:"要不要吃饭?"又追加了一句:"你的那些学生。"他的眼神在黑夜中幽幽放光,发出一丝笑意,那是发自内心的欣喜。

我突然觉得我好像成了弟子们的"报账人"。我回道:"等他们人都到齐的时候你再请,不然太不划算了。"

"说好了,人到齐了给我电话。"他回答。

说完还是"嘿嘿"笑,摆手消失在黑暗之中。

看着他那离去的背影,我的心头热了。

有的时候我真的奇怪,我的这位兄弟除了"嘿嘿"还会什么?

然而，生命中最受用的正是我们之间的那份不需要言说的交情、感情。男人，大都如此。说多了，贬值。

每当我的弟子们饕餮着他请吃的海鲜大餐时，我和师叔常常会会心地笑。因为海鲜，他不怎么吃，我不怎么能吃。我们只在一旁感受弟子们的感受。那种感受真好。

我们在内心里说："孩子们，多吃点。"

我在内心里说："谢谢你，我的小兄弟！"

我的这位小兄弟身上衬托着闽商文化的影子。我当然明白，"文化人格"也是多样的，特别体现在个人的身上，更是"百花齐放"。但闽商确实有一些共同特点，比如愿意出资办学。我所在的厦门大学就是闽南商人陈嘉庚创办的。1921年，祖籍闽南的商人陈嘉庚先生，变卖全部身家，凭借一己之力，建起了最早的

厦大校主陈嘉庚塑像，题字为毛泽东手迹：华侨旗帜，民族光辉（作者摄）

厦门大学,也是中国最早一批的重点大学之一。今天,厦门大学还传颂着他的一句名言:"宁可卖大厦,也要办厦大",感人肺腑。他的事迹感动了毛泽东,专门为他写下了"华侨旗帜,民族光辉"。

近期获悉,2021年5月5日,福建商人曹德旺宣布出资100亿元,建立一所公办大学——福耀科技大学。筹办这所大学的人正是厦门大学原校长朱崇实。

当然,闽商文化作为一种特殊的历史文化现象,其表现形态也是多维的。比如地处闽南的石狮曾经于20世纪80年代红极一时,出现了"全国跑石狮"的热闹景象,石狮一度被冠以"小香港"之称,也成为"走私假货"的代名词。

回头重新评说一下"官宦—商贾"。历史事实表明,二者也可以糅合得很好。中国改革开放以来的"特区"(深圳、珠海、汕头、厦门)何以皆在粤闽?答案已经相当明晰:政商分离,输;政商友协,赢!此番道理白而不涩,好懂的。

我们这一代人唱了无数的歌,在我的印象中,最励志的就是那首用闽南话唱的拼搏之歌:《爱拼才会赢》。

> 一时失志不免怨叹
> 一时落魄不免胆寒
> 那通失去希望每日醉茫茫
> 无魂有体亲像稻草人

人生可比是海上的波浪

有时起有时落

好运歹命　总嘛要照起工来行

三分天注定　七分靠打拼

爱拼才会赢

致敬，闽商，一个了不起的拼搏群体！

"我"在"他"中

2021年4月6日是厦门大学建校100周年的日子,世界著名的人类学家保罗·拉比诺(Paul Rabinou)在同一天去世。

拉比诺是美国加州大学伯克利分校的人类学教授,我曾经在那里访学,期间与之有过照面。我们相互观察,没有用语言。他的书我是喜欢的,尤其是《摩洛哥田野作业反思》,其中提挈之句为:通过对他者的理解,绕道来理解自我。

拉比诺的田野,成了他参与观察"他文化"(other culture)的契机,也在"他性"(otherness)中实现了对"自我"(self)的认识。这种重新认识的途径是通过解释以确立文化的自我建构。田野作业从来被认为是人类学家的一种"通过仪式",但把田野作业当作"自我的镜像"的学者委实不多。

按照我的理解,人类学不外乎是到他地、了解他人、研究他文化。但是如果只认识到这一点显然不够,了解"他"其实最终还是要了解"我"。说得明了一些,通过"他"更好地了解"我"

自己。

在摩洛哥田野的日子里，拉比诺选择了西迪·拉赫森·利乌西村为田野点。在进入过程中，他遇到了几位人物：

莫里斯·理查德是典型的法国人。法国人在摩洛哥有过殖民历史，柏柏尔人是当地原住民。历史的境遇就像这位法国人所从事的酒店业，主人与客人（这里的主客关系被赋予特殊的语义）的关系不会长久，也决定了他热情而孤独的性格和面相。理查德成了一个老版殖民者在曾经殖民过的地方日薄西山的侧影。

《摩洛哥田野作业反思》中文版书影（作者摄）

易卜拉欣处于法国与摩洛哥社会"我在他中"的中间人，也是拉比诺认识"他性"的一个原型。文化是交错的，人与文化都在一个社会位置交集，这个位置由特定身份和"生性"（habitus——布迪厄创造的概念）的人所决定。

阿里是引导拉比诺进入摩洛哥阿拉伯社会的引路人，他是个当地"局内人的自我嘲笑者"，是漂泊在"我文化中"的"他者"，却成了作者观察和了解摩洛哥文化直接的、活生生的体验对象。

马里克是一位地道传统代表的守旧者，却又困惑于文化"多

"我"在"他"中　199

棱镜"的折射而徘徊不前,纠结于社会现实巨大变迁的各种困惑中,他试图在各种事务中保持折中,努力使自己成为当地社区的代言人,却时常力不从心。

本·穆罕默德是拉比诺的好朋友,也是作者进入伊斯兰宗教世界的向导。宗教社会是一个让圣人和俗人对视和对话的场域。

反观拉比诺的田野作业,所有被他选择的人(对象)都是实现在"他文化"中反观自我的一种体验和实践方式。生活中,人们可以通过照镜子反映自我形象;田野中,人类学家通过"他者"来反观"自我"。拉比诺做到了,《摩洛哥田野作业反思》做到了,它也因此成了当代人类学在反思原则之下通过"他文化"之镜反观自我的一个典型案例。

田野作业曾经是,现在仍然是界定人类学这一学科的标志。拉比诺在中译本序中开宗明义,直奔主题。原因是:田野作业对人类学民族志研究太过平常,因为学科史上除了早期极少数"摇椅上的人类学家"(the armchairs anthropologist)不做田野外,田野作业早已成为这一学科的商标。但在进行田野作业的时候,传统的民族志研究以"事实"(fact)为依据,并以此确立"科学民族志"——像"照相机客观地记录",看上去是一个实事求是的过程。但是,事实是什么却并不容易说清楚。当代的解释人类学正是出于对这一"事实"的挑战,成功地把照相机的"客观呈现"上升到"文化的解释"层面。那意思是说,无论人们采用什么事实都是经过选择的,都是经过人的解释。所以,事实已经不客观了。

其实我们无妨冷静地思考一下，我们今天所遇到、碰到、听到、看到的所谓"事实"，包括数据提供的情况，无疑都是事实。好像都是"客观真实"的，其实不然。因为这些"事实"都是选择的和被选择的，所以，不可全信。一切都由"我"来判断，由"我"来做出解释。在这种情况下，人的主观性从台后走到了前台。拉比诺的老师克利福德·格尔兹（Clifford Geertz）正是以"解释"为杠杆，把"客观事实"挑落马下。在格尔兹眼里，事实不是终极事象，"事实之后"（after fact）方为"解释"最后的根据地。

在这方面，拉比诺似乎比他的老师更具有反思性：事实（fact）是被制造出来的——这个词来自拉丁语"factum"，是"制作""制造"的意思——我们所阐释的事实被制造，并且被重新制造。这样，文化成了阐释，而且是多重阐释。于是人类学从传统的"科学"变成了"阐释的科学"。由此，解释（interpretation）也就成了一门"科学"。这确实非常精彩，但也非常惊悚。首先，我们所说的事实，是经过人们选择的，因此已经不是纯粹的"客观"了；其次，我选择、我解释，是我的权利，我把"事实"变成了我的玩偶；最后，我个人的主观性躲藏到了"事实"的背后，我的意图与事实联袂上演了一出剧目。

拉比诺精巧地把"客观科学"变成了"阐释科学"，将客观—主观建构成了一个对视的共同体。interpretation的本义正是在对视之间的相互观照，进而以"他"的事实为根据做出"我"的解释。"科学民族志"在解释中被"他—我"的互视结构替代了。这里的"科学"某种程度上已经被艺术化。难怪,解释人类学范式也被说成徘徊于"科学"与"艺术"之间的"实验民族志"。

在拉比诺的"实验室"里,田野作业有三个目标:首先,人类学既不能简化为田野作业单纯的客体性对象,也不能上升为哲学的人类学那样打上先验的烙印,而是一种历史的实践;其次,新的时代可以将实践和经验的不同领域捆绑在一起;最后,强调再生产与新兴力量的区别,这些目标决定了田野作业天然就具有反思性。

虽然格尔兹与拉比诺师徒在"解释"上指向同一个方向,却并不表明弟子不会出格。书稿《摩洛哥田野作业反思》显然并没有完全按照老师指定的路径走下去,而是离经叛道。这也导致当初有六家大学出版社都听从了前辈们(包括其老师格尔兹)的意见,拒绝出版这本书。老师甚至以严厉和最简短的语气(尽可能亲密地表达他的关心)告诉拉比诺:"这本书会毁了你的前途。"换言之,师徒都主张"解释",都主张解放人类学家在田野中的主观性,但在"解释"的解释上,师徒却是背道的。

拉比诺把"解释"建立在了法国的哲学之上——在保罗·利科(Paul Ricoeur)的现象学里,解释学("hermeneutics"希腊语,相当于英语中的"interpretation")成为通过他来理解自己的重要途径。当学生"倒向"法兰西跨文化的哲学表述倾向,包括深受法国哲学家、社会学家萨特、拉康、梅洛-庞蒂、福柯、利科、列维-斯特劳斯、布迪厄等的影响时,格尔兹的"解释"也因此受到了挑战，而拉比诺的"通过对他者的理解，绕道来理解自我"的提契之句正是从法国哲学家保罗·利科那儿借来的。

拉比诺大概连自己都不曾想到，他的《摩洛哥田野作业反思》能够成为经典的民族志。当他连续不断地被大学出版社拒绝时，罗伯特·贝拉（Robertn Bellah）的出现改变了他的命运。也就是说，提携他的不是他的老师，而是罗伯特·贝拉和法国的社会学家布迪厄（Pierre Bourdien）。事实是：书的"序"是贝拉写的，"跋"是布迪厄作的。值得玩味的是，"序"与"跋"成了另一种互视性对话，甚至争论。贝拉的"序"中解释了"通过对他者的理解，绕道来理解自我"的意思：因为失去了一种传统的"我文化"，现代西方知识分子让各种合成的总体为个人所利用。

显然，这就是"绕道"所指的全部意思。布迪厄对此是不认可的，甚至走到贝拉的对立面；他说："一个人把对对象的研究作为研究对象，让自己失去或显或隐地选用小说家方式对具有魔力的经验进行创造的机会，并且破坏对于异国情调的幻想；他把解释者的角色转变为针对他自己，针对于他的解释——这是要把通常被建构为被秘密和神秘所包围的、作为人类学职业的入行仪式的田野作业转化到它的适当维度：一种对社会现实表征进行建构的工作。"布迪厄在"跋"中驳斥了拉比诺的观点，这是罕见的。在布迪厄看来，与其说《摩洛哥田野作业反思》是在绕道"他文化"来理解自己，莫不如实现"参与者客体化"（participant objectivation）——直接使我成为"他文化"的一部分。其实，在笔者看来，二者并不发生根本的冲突，只是在反思和互视中建立一种对话的平台。布迪厄试图以他的实践社会学为绳索把解释者从"告密室"里直接拉到现实中。

哲学解释的权威表述试图建构一种话语,然而却终将沦为话语工具,事实的真实性(authenticity)才是最终的审判官。在田野作业中,一个事实的镜像完全可能具有"多棱镜"中的相貌,任何一个解释者或许都只是盲人摸象,原象都是同一个田野。一本书,一个平常的标题,一段个人的田野作业,都会有截然不同的"解释"。interpretation凸显的正是"我"这一个体。

这样,具体的田野作业——哪怕是实践者本人,一旦面对同一个事实,一旦形成了民族志,就与莎翁与《哈姆雷特》一样,"一百个读者就有一百个哈姆雷特",而莎翁只是解读者中的一员。文学与艺术于是都成了"解释"的佐证:拉比诺认为列维-斯特劳斯(Claude Levi-Strauss)《忧郁的热带》是一部了不起的杰作,原因之一在于他写成了一部长篇的哲学小说——小说的中心主题是在他文化中表白"他自己的处境和他自己的经历"。

拉比诺把人类学家的作品《忧郁的热带》置于法国文学史来看待:"《忧郁的热带》是法国文学中的杰作,是从巴尔扎克经福楼拜和左拉一直延续到20世纪的伟大的虚构现实主义传统内的一个转折点。"把民族志看作人类学家"作者的作品"是格尔兹的创造。格尔兹在《文化的解释》中认为,田野作业中的那些"事实材料"并非最重要的,重要的是人类学家在田野作业中对事实的选择、理解、分析和解释。他甚至干脆把民族志的生产建立在"作者功能"(author function)之上。但笔者认为,只说到此不够，需要补充涉及其中的两个重要的信息，或同一个事实的两个层面：第一，作者（author），与权威（authority）、真实性（authenticity）同源；第二，两个"F"，即"事实"（fact）与"虚构（小说）"（fiction）互视和互换。后者建立在与前者复合的多重解释之上。

无论如何，师徒在对田野作业的"解释"上是一致的，而且"诗学（哲学文化）"都成了附会解释的一种策略。只是拉比诺采用的是福柯式"词与物"运作方式：如果说作者已经非常明确地提示我们，一件事实，就语源学而言，是某种'制作'的东西，那么，当我们指出希腊语的poiēsis'是制作（made）的意思，并且诗人是制作者（maker）的时候，我们是可以被理解的。这让我们想起由詹姆斯·克利福德（James Clifford）和乔治·E. 马库斯（George E. Marcus）主编的《写文化——民族志的诗学与政治学》，拉比诺也是该论文集的作者之一。

当"诗学"成为一种民族志的解释路径时，"事实"就成了田野中解释的选择对象。显然，拉比诺对田野作业中"事实的解释"没有继承老师的学说，而是将其扩大到了与"资讯人"的事实组合中："文化事实上是阐释，而且是多重阐释，这一点，对于人类学家和他的资讯人——与之一起工作的'他者'而言，都是千真万确的。'资讯人'这个词非常精确——必须阐释自己的文化以及人类学家的文化。"而"资讯"（inform）的本义是"赋予形式和形式的原则，赋予生气。"换言之，人类学家与资讯人在田野中共同完成了对"事实的组合性解释"。这样，"解释"已经不再是人类学家对现场"事实"的主观任性发挥，而受制于"我+他"的组合。

在拉比诺看来，"解释"如果仅仅成为"我"的话语权力，或将坠入田野作业的陷阱。某种意义上说，拉比诺的解释民族志与他的老师格尔兹的解释人类学一致却不一样，说得更绝对一些：二者有决裂。当人们热衷于格尔兹的解释人类学，模仿着"深描"（thick description）的手法，提升地方知识（local knowledge）的认知地位，并把格氏解释民族志作为典范时，正是他的学生另辟路径，对田野作业进行反思。如果格尔兹以解释为媒介，以"深描"为手段，破解了对"事实"的惯习，纵情于"作者"的主观解释而洋洋自得，他的学生却采用了另一种方式——人类学家与资讯人建立一种合作关系，共同完成"解释"的建构。这样的"解释"似乎更有采信力。虽然，主观解释有着"我文化"的背景；虽然，主观解释在田野中可以成为追逐的线索；虽然，田野中的"事实"也会随着各种因素和观念发生变化，但是，这种"我+他"共同体合作的观照、互视，成了"我"的借镜，在认识"他文化"中清晰地照见自己。

既是镜像，就有"观察"，田野作业的本职工作就是参与观察。只是人们看事观物，看法多种多样。拉比诺田野反思的价值并不限于那个曾经吸引他前往调查的小村子西迪·拉赫森·利乌西，而是这个小村子为他提供了田野中全景式的观察。重要的是："我"也在其中。"我"在田野作业中所观察的"事实"，视野不同，景观不同，风景、场景、人景、心景、布景各有差异，呈现主观的客观、主体的客体、意识与存在、真实与虚构、内视与外视、此处的他处、过去的现在、主体的分裂、他者的我者、自我的他性、景观与人观、权力与话语等多种景象。人类学家无形中都成了田野中的"凝视者",一如庄子《秋水》中的"子"与"鱼":我非鱼,子非我,子非鱼;我与子,我与鱼,子与鱼,各自观景,各自阐释。

"我"的凝视与被凝视——在法国哲学家那里获得了重要的理论陈说,无意中成了拉比诺进入田野的向导。"凝视—镜像"的拉康分析模式在心理学、精神分析中确立了人的自我裂变的医学案例。拉康的"凝视—镜像"合成理论揭示了人的自我分裂性。在《镜像阶段:精神分析经验中揭示"我"的功能构型》中,他借生物学原理说明镜像中自我的不完整性和虚假性。他以婴儿"照镜子"为例,婴儿以游戏的方式在镜像中自我玩耍,与被反照的环境之间形成特殊的关系,借以体验虚设的复合体与这一复合体所复制的现实世界。婴儿的身体、动作与环绕着他的人和物形成了特殊的镜像。

拉康的结论是:在"前镜像阶段",婴儿处于最初的不适应和动作不协调的"原初混乱"之中,对自己形象的认同是破碎的,不完整的。"碎片化"造成自我的内在世界与外在世界的断裂。自我为自我的镜像所分化、分裂、分解。"自我的分裂"决定了人类学家通过田野作业去寻找"自我的他性"。解释类似"凝视",田野作业让拉比诺重新发现了自我存放在"他性"(otherness)中的奥秘,一个饱满的"自我的他性"(这也是伯克利人类学系华裔学者刘新的中文版著作名称,署名"流心")。又辗转回到了那一点题之句:"通过对他者的理解,绕道来理解自我。"

福柯一直是拉比诺重要的学业导师,拉比诺也成为北美阐释福柯思想的重要权威之一。如果田野作业中的不同场景都厘入"解释的镜像"的话,那么,观察便成为一种主体实践的过程。在此,福柯的"凝视"理论也在拉比诺的"解释"中留下了影子。福柯运用"凝视理论"于知识考古和话语表述,特别是作为医院和监狱的田野对象,"把脉式"地抓住了这一特征,将"凝视"视为现代临床医学的基本特征并类同于社会。

在《临床医学的诞生》中,他发现医生"看病"类似于"凝视",临床医学毋宁说是一种特殊的凝视方式。循着这一思路,"医学凝视"便成为一种临床医学的话语理论。临床医学的"凝视方式"呈现几种分析视野:"凝视"首先是一种专业性的观察方式,即在临床医学场景中医生对病患施予的特别的、专业化的行为。其次,"凝视"衍化为一种具体的、有形的、充斥于社会的、象征化的权力关系和软暴力。再次,"凝视"成为由社会组织化、系统化的社会作用力,即一种看不见,却处处存在的力量。福柯以其独特的"知识考古学"眼光,使"医学凝视"成为某种具体的、有形的、生理的行为所潜伏着的、具有明确指向性的价值主导方式。拉比诺受到了福柯的影响,花了大量的时间和精力投入在医学人类学的研究之中。

拉比诺的"解释"更倾向于"法国式",特别是福柯的"词与物"谱系学式的考释方式。虽然,"词与物"的谱系学可能存在着历史演变的"裂痕",甚至完全分道扬镳;意义在延伸中可能被带入他途。但毕竟势如河流,折道亦有其自身道理。更重要的是,在解释学理论中,"词与物"的谱系学可以些微地管理人类学家的"解释",使之不至于过分放纵"主观性"。总之,福柯成了横亘于师徒之间的一个羁绊。一个事件可以为

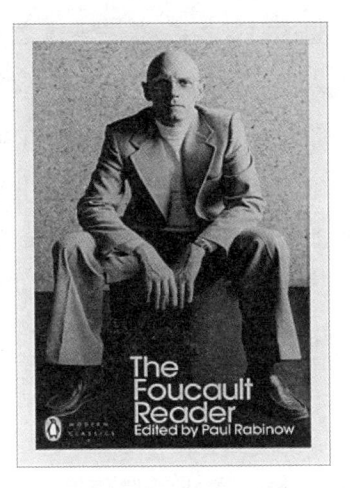

拉比诺编辑的《福柯读本》英文版书影(作者摄)

证:格尔兹作为解释人类学的领军人物,却拒绝参加20世纪80年代美国学界因输入福柯代表的欧洲后现代社会思潮而掀起的辩论和反思热潮。在贝拉因为提倡"道德的社会科学"而与主张"用社会学解构符号霸权"的布迪厄打得不可开交时,格尔兹作壁上观。而《摩洛哥田野作业反思》出版时,贝拉和布迪厄为之写了序、跋,作为老师的格尔兹却是"留白"。"留白"是因为老师担心弟子作品的出版而"自毁前程",还是从自己的经验中感悟到人心不古而步入"隐士"生涯,或者是对弟子将解释人类学的"格氏设计"引入他途的不满?不得而知。

这部著述以"反思田野作业"为名,颇为平淡;或因平淡才引人注目。人生何尝不是如此?在拉比诺眼里,田野在"某处"并不是最重要的,"田野道理"才是决定的。费孝通先生早年在

魁阁时曾经说过,"普天之下处处是田野",我们也可以这样说,人类学家的生命和生活在场(being-there)也可视为一种"田野经验"。当人类学家到一个地方,他的生命价值、身体实践、社会关系等全都在"此处的他处"。"在场"成了观察、想象和解释的一种方式,"那里"正是"这里"建构语义的镜面。

从哲学的角度来看,田野作业使我们在批判性思考的实践中获得重大价值,而这却是过往的人类学家们很少关注的。拉比诺把"田野"扩大到了人际关系的"在场"。在笔者眼里,学者的学术场域与学术生涯也无妨视为一个"在场"。加州大学伯克利分校人类学系就值得一说。它由博厄斯的大弟子克鲁博在美国西部创办,后来成为美国人类学的重镇。也是在这里,拉比诺遇见了罗伯特·贝拉,贝拉力排阻力,不仅让加州大学出版社出版了拉比诺的这一部力作,还因此让拉比诺受聘为伯克利人类学系

笔者在加州大学伯克利分校萨瑟门(李哲摄)

的副教授，从此成了该校人类学精英学者。伯克利也成了拉比诺"田野"的归宿。说来也巧，伯克利也是笔者一个完整的"他文化"自我观照的田野地。

或许，拉比诺正是以田野为借镜，使得当代解释人类学在发展中出现转向，才使得这部看上去具有叛逆倾向的民族志能够成为经典。作品为人们提供了一面镜子，让"我"在"他"中完全现身，这也才是民族志的真正价值所在。

其实，世间所有的事实，包括科学所谓的"事实"，都有人的身影"借镜"其中。

这个故事听起来很学术，很晦涩，其实并不那么复杂。如果用我们平常的话来说，那就是人们对自己的认识往往最不清晰，所以"认识你自己！"就既必要又困难。这句刻写在希腊德尔斐神殿上的著名箴言，经常被希腊人和后来的哲学家们引用来规劝世人。

"认识你自己！"这五个字可以有很多种解读，其中有一种就是通过他人来反观自己。所以，我们在生活中要尽可能地通过别人的眼光来观察自己，有些许"换位思考"的意思。这样可能更为客观。

此文原载于《读书》2022年第2期，略有删改

科技发明也可以伤害

人类在不断地进步,这一判断绝对不错,但只说进步却不准确。人类的"进化"伴随着一次次重要发明和创造;"文明"也就是在一次次的发明和创造中进步。早期的人类学家摩尔根(Lewis Henry Morgan)在他的代表著作《古代社会》中表明:人类在历史上每一次重要的技术革命和发明都引发了人类社会的一次重要推进。他把人类历史分为"蒙昧时代—野蛮时代—文明时代",每一个时代又分为"低级—中级—高级"阶段,每一个阶段的提升都借助某一项发明、某一种技术的出现。比如弓箭的发明和制陶技术的出现把人类社会带入了"高级蒙昧阶段",并从"蒙昧时代"进入了"野蛮时代"。而文字(字母系统)的出现,则把人类社会带入了"文明时代"。

虽然摩氏所罗列的这些"证据"已经被后来的人类学研究所抛弃,因为世界上的不同地方与族群在"进化"过程中,有的并没有这些证据,有的又有些其他的证据,而且进化的速度和方式也不是那么一致。重要的是，摩尔根没有注意到那些发明和技术的出现在推进社会进化的过程中，也同时带给人类隐忧。在他那里，"社会进化"成了一条单向的线索。也正因此，今天的人类学历史一般不太提及他。

从社会演变的历史角度看，某一种重大的发明和技术的出现，会改变社会的发展进程，也可能把社会带入另外一个阶段或其他不同的方向。这个判断没有问题。远古时期，自从发明了"栽培驯化"，人类社会便从采集狩猎时代进入了农业时代。当今世界，各种科技出现的频率越来越快，人类历史也加速了演化，从一种形态变迁到另一种形态的时间越来越短。今天又是芯片技术，又是大数据，又是人工智能，用"日新月异"形容亦不为过。

人们似乎也已经惯性地张开双臂迎接每一次科技的发明与社会的变革；因为这些发明、创新都给人们生活带来了"加速与便捷"，却可能对自然、对生命，包括对人类自身造成"伤害与危害"。说得更明白一些：每一次科技创新都给人类带来了好处，却也可能对人类造成可怕的后果。所以，提醒反而显得更为重要和必要。

任何科技发明和创新其实都是一柄双刃剑，一面是给人们带来眼前的"利益"，另一面却也可能造成"隐忧"。人们会欣然接受所看见有利的一面，忽略它们可能带给我们潜在伤害和破坏的一面。此其一，**功利至上**。

科技发明的两面性潜伏着两种时间关系。它带给人类最明显的时间形态属于发展中的"暂时性",但人们却往往忽略了在长时段的历史过程中,这些科技发明所引起伤害的"久远性"。此其二,**分割时间**。

当今世界是以民族国家(nation state)为具体的存在单位、表述单位和决定单位,即使是联合国也只是协调组织,不是决策机构,也不是管理部门。所有的科技发明与创新都归属于具体的人或企业等,它们最终的功能性归属都是"国家"。此其三,**国家归属**。

在这些因素的综合作用下,科技发明一路绿灯,不受阻碍,而那些被遮蔽的隐患也越来越大,留下的隐忧也就越来越多。何以至此?根本的原因在于:科技的原则是人(人为、人工);而自然的原则仍是自然。二者之间存在矛盾,而且越演越烈。

随着历史发展,人的作为越来越大,人也变得越来越自大;我们忽略了对"另一刃"隐忧的警惕,就像核武器那样。近代历史上的一些重要科技发明,甚至是技术革命,经常伴随着某种意义和程度上对自然与人类的伤害,甚至破坏。

从历史转型看,英国工业革命就是一个非常典型的例子。英国工业革命始于18世纪60年代,以瓦特蒸汽机的改良和广泛使用为契机,以19世纪三四十年代机器制造业的机械化为标志。工业革命的主要表现是大机器工业替代手工业,机械工厂替代手工工场,生产力迅速提高。同时,工业革命也推动了殖民主义的扩张,使得英国成为世界上最大的资本主义殖民国家。

客观上说，工业革命带给英国巨大的推动作用，同时也带给英国巨大的负面影响。环境污染是其中最深刻的影响，比如伦敦成为世界上著名的"雾都"。此外，工人的失业加剧，直接导致了"捣毁机器运动"。我曾经专门到曼彻斯特这个英国工业革命的起源地去参观，现在曼城已经基本上看不到什么工厂了。英国人在消除工业革命所带给他们的伤害方面，工作做得不错。

从日常生活看，科技成果的转化和应用使人们生活水平得以提升，只是在这种生活的提升中，也可能带给人们"不安全感"。比如转基因技术就是例子。转基因技术的使用确实使得粮食产量有了空前的提高，可是这项技术对人类"食品安全"造成的危害也是空前的。关于这个问题，如果读者有兴趣，可以参考笔者的《饮食人类学》。

从文化变迁看，某些科技产品进入社会，导致文化传统的"断裂"。电视就是例子。电视的出现使人类的生活产生了巨大改变，人们可以通过电视的直播在同一时间看到世界上发生的事情，电视还给人们以无数选择观赏的可能性。所以现在的人，特别是中国人，绝大多数都被电视所吸引。2019年中国社会科学院向外发布了一项《休闲绿皮书：2018—2019年中国休闲发展报告》，报告显示，中国人每天花费在看电视上的平均时间达到100分钟，"看电视"成了国人第一大休闲娱乐活动。

可是，电视的出现使得中华民族传统的一些交流方式几乎中断，甚或消失。大家知道，中华民族是以"家"为"国"的特殊形制，这种以"家"为上的传统是建立在家族—宗族的基础之上的。中国传统汉族村落的主要形制"×姓村",都是从同一个宗族分支出来的。许多少数民族也是在"兄弟"(包括亲属关系、拟亲关系、盟约关系等)基础上建立关系。特别值得一说的是,我国西南大多数少数民族祖祖辈辈都传承"火塘(火堂、火坑)式交流"。电视的出现,使得年轻人大多已经不在火塘边,转到了电视前。"火塘交流"越来越成为历史记忆,"社恐"也随之在年轻人中蔓延。

从艺术表现看,某一项技术的出现,也可能对文化艺术起到重要的作用。在欧洲绘画史上,文艺复兴时代产生的近代绘画所遵循的原则是"现实主义"。比如达·芬奇的绘画就都是以人体为依据进行创作。为了准确,达·芬奇还到医院去了解人体的构造、观察人体解剖的细节,以精准地描绘人体的肌肉、筋络等,包括人体比例的"黄金分割律"。

米开朗基罗雕塑《大卫》(李哲摄)

可是,照相机的出现使得欧洲传统以"现实主义"为主旨的绘画出现了危机:对人体、对生活的描绘在"精准"方面总是达不到照相机的水平。于是,欧洲的绘画传统出现被迫转型——以刻意表达思想为上的抽象画出现了,毕加索"诞生"了。我们不妨反过来看:如果没有照相技术、摄影技术的出现，欧洲的抽象绘画也不至于在那个时代出现，或许也就不会导致欧洲绘画艺术的转型。

从灾难形态看，某一项技术的出现甚至还有更可怕的另一面。比如核技术，它能够尽可能地为人类节约能源，却在最大限度上威胁人

毕加索的画——抽象——都是照相机逼的

类。人类利用核能当然是因为它有很多好处：效率高，节约资源，减少有害气体、温室气体的排放，保护环境，减少雾霾，等等。但也有其坏处：对居民的生命存在潜在威胁。核泄漏就是一个例子。日本福岛核事故是由于2011年3月11日日本发生里氏9.0级地震，继而发生海啸所引发的。3月12日，日本经济产业省原子能安全和保安院宣布，受地震影响，福岛第一核电钻的放射性物质泄漏到外部。2021年4月13日，日本政府正式决定将福岛第一核电站上百万吨核污染水排入大海，造成了对周围群众和环境的危害。

从生命健康看，生物技术（biotechnology）带给人类巨大的进步和便利，但是却遮蔽了其可能带给人类的负面作用，可能带给人类社会的灾难。

当今全球遇到了新冠疫情，人类为之受伤、受害、受难。关

于它的来源大致有"二源论"：自然界的产物和生物实验室的产物。更有越来越多的证据指向这一疫情的源头与生物实验室有关。人类历史上也曾出现过疫情，却从来没有像今天这样：三年了，还在继续；全世界都在受伤。如此长时段、大面积的受伤在历史上是空前的。我隐约感到，这是高科技"惹的祸"。

大家知道有一本世界名著《十日谈》，作者叫薄伽丘。说的是1348年意大利佛罗伦萨遭到可怕的瘟疫，有一群人（三男七女共十人），在圣玛莉亚·诺凡拉教堂不期而遇。一行人决定要逃离瘟疫猖獗的城市，到城外的一座别墅躲避。闲来无事，其中一位叫潘比妮亚的女孩子提议每天轮流选出国王或女王，出来主持活动，规定每人每天必须讲一个故事。这本书就是十个人在十天之内讲述一百个故事的集成，其中好多浪漫故事。这是瘟疫留下的一本世界名著。

我不太相信今天还会有这样浪漫的"疫情"段子。更为可怕的是：现如今人们把高科技当作"皇帝的新装"，只说好，只说

意大利作家薄伽丘《十日谈》中文版书影（作者摄）

好看！我甚至有不祥的预感，世界上还有一些科学家正在实验室里研制更可怕的病毒。如果真是这样，在未来的疫情历史故事末尾，或许要加上第一百零一个故事：灾难灭绝人类！

我们的科学技术在迅猛发展，它带给人类巨大的进步，巨大的实惠，巨大的便利；也带给人类巨大的担忧，巨大的伤害，巨大的破坏。科技永远是一把"双刃剑"。

如何对待这一科技的"双面"成果？只有站在人类命运共同体的高度才是最佳选择。虽然这很难达到，每个国家都有自己的"利益归属"，但再难也要做，因为，这是人类唯一的救赎途径。

真诚希望科技在造福自然与人类的同时，尽可能避免伤害自然和生命——包括人类自己。

历史中的故事

"天下"何谓"西方"?

"中国(中华民族)屹立于世界的东方"——我们经常为这样的表述感到骄傲和自豪,特别在某些仪式性场合,比如奥运健儿夺冠,国歌奏响时的旁白。可是,骄傲自豪过后,冷静下来却总觉得那句法不太对,表述也不合逻辑。

中国是"天下的中心",自古以来就讲究"一点四方"——说白了,"天下一点"就是中国,中国就是世界的中心。什么时候跑偏到了东方?

"东"作为四方之一,方向是确定的。她是太阳升起的方向,在古代神话中,东方之神句芒,即木神(春神),主管树木的发芽生长,辅佐东方上帝青帝太皞。太阳每天早上从扶桑上升起,升起的那片地方也归句芒木神管,古代我们就是这样确认"东"的。

所以,在汉字构造里,"东(東)"是一

甲骨文中的"東":
木中有日

个太阳与一棵树的合成,是个会意字。许慎在《说文解字·东部》中这样解释:"从日在木中"。意思是说太阳在"木"中,表示太阳刚刚升起,太阳升起的方向就是"東"。《山海经》中有"东方神木"的说法,其中提到"扶桑",扶桑属于一种灵木,这种神木在东方。那是中国的"东方",而不是中国在东方。《淮南子·天文训》说:"日出于旸谷,浴于咸池,拂于扶桑,是谓晨明。"日头有了一竿子高,照到了扶桑上,天下就早晨了。

反正,无论如何,"中国—中心"才是本原。可怎么又成了"中国—东方"之说——从中心向"东方"位移了呢?而且还把自己挤到与日本在一起,都跑偏到"远东"去了。究其原因是"两个中心",是"西方中心"的强权所致。它成了一个合理的悖论,始作俑者是政治地理学的介入,其典型的特征是把地理和方位进行政治化的表述。

从认知上说,"以我为中心"是符合认知原理的。人类怎么认识周边的事物?就是以我为中心地画一个圆,然后向四周发展。就好像扔一块石头到水里,波纹从中心向四周推展。由此可知,人类认识上的由点及面是合理的。直接证据就是:世界各国的地图通常都将"本国"置于中心位置。

那怎么又悖论了呢?从自然地理的角度看,地球是圆的,哪儿有什么中心?所以,世界本无中心。只有把它放入政治地理学的范畴,才可能有所谓"中心"。世界上的古代文明都有自我中心学说,古埃及、古巴比伦、古印度以及古代中国皆有。说起来中国最强势，干脆把自己的国家命名为"中国"。

把"中国"挤兑到"东方"是后来的事情，是"西方中心"作祟的结果。也就是说，只有相对于"西方中心"，我们中国才被移到了"东方"。可是，如果按照西方中心论（"条条大路通罗马"）的说法，不仅道理上是悖论的，连这文字表述都是悖论的：又是"西方"，又是"中心"。到底是哪里？

可是，谁也不管什么悖论与矛盾，那就是所谓的"话语"。"话语"是霸权，连道理都不讲。"西方中心"就这样不讲理。它在向世界宣告，"强权"才是硬道理，其他都是装饰和点缀。

就这样，"中国"移到"东方"去了。这是矛盾的，大家却习惯了，连中国人自己都习惯了。

给大家说一个西方的创世故事：

按照古希腊神话，"天下"（世界）有一个"中心"，叫Omphalos，意思是"肚脐"。那"中心"的由来是这样的：宇宙原由浑沌创世，"浑沌"就是什么都没有，没有秩序，也没有中心。为了便于统治和管理，就需要确定一个"天下的中心"，于是宙斯就派了两位天使（鸽子）向两极相反的方向飞行寻找，最后天使落在了希腊德尔菲（Delphi）的一块巨石上。这说明，地球是"圆"的，地球上有一个中心，在德尔菲。于是，宙斯就在那个地点上打造了一块"脐石"（navel-stone），确定为"天下的中心"。

希腊德尔菲太阳神遗址　　　德尔菲博物馆里的"脐石"
（作者摄）　　　　　　　　（作者摄）

我去过德尔菲博物馆，看过那块饰以网状织物的蜂窝状石头。它代表着宇宙中心，也被人们认定为具有感召力的神谕者。有意思的是，人们所熟悉的那个著名的、不断蛊惑人类的"斯芬克斯谜咒"的发生地就在忒拜城去往德尔菲的必经之路上。"西方逻辑"也就这样被精心"设计"了出来："斯芬克斯谜咒"的谜底是"人"，而"人"正走在通往"世界中心"的道路上。

人们可能要问：为什么大家都要把自己当作中心？那没办法。确实大家都想成为中心，不管从生物本能、认知方式、社会关系、分类原则还是价值体现、政治权力等方面来说，都如此。按照今天的说法——体现"存在感"。所以，无论是我国古代"一点四方"的"天下观"，还是"条条大路通罗马"的"西方中心论"，或是其他古代文明中的神话"中心说"，其实都遵循一个原理："我中心—我存在"的话语表述。

再给大家讲一个西方的城邦故事：

说是在古希腊，每一个城市都是一个中心，每一个城市都有一个制高点。古希腊是城邦制国家，每一个城邦都是一个国家，又成为与其他城邦国家联盟的构成单位。

古希腊原始城邦的制高点，也就是"中心"。这种以城市为核心所建立的国家政治体制，首先确立神位中心，进而不断确立其权力中心、地域中心、群体中心和结构中心。现存的雅典卫城叫Acropolis，人们仍然可以看到非常完整的遗址形态。我曾经专门到现场去考察。Acropolis是一个组合词，"Acro"是指地理上的"至高点"，延伸出崇高、权力等含义。"polis"就是城邦，也是国家，"政治"（politics）就是从它那儿来的。这下明白了："至高—中心"既是"国家—政治"的解读与解说，也是其目的和目标。

原来"政治"强调的就是"中心"，有中心才有边缘。这样，"中心/边缘"的概念在古希腊的地理学（geographia）那里就有了雏形。最著名的地球模型之一要数公元2世纪的"托勒密世界"（Ptolemy's World）模型。今天虽然人们都已经认识到哥白尼的"太阳中心说"更接近于宇宙客观，但"托勒密世界"模型无疑是人类认识世界过程中一个标志性里程碑。"托勒密世界"模型深受古希腊地理学"中心/边缘"的影响，认为世界由三个洲组成，它们是欧洲、亚洲和非洲，希腊—罗马当然是世界的中心。在"托勒密世界"模型中，"中心"的含义主要指地理族群——"以我群为中心"。

考古学、人类学的研究成果表明，"中心"的原始意义来源于人群聚落的地理空间。说得通俗一些，四面八方的人都聚集到一起，就成了"中心"。所以，"希腊人"原来就是一个从四面八方汇集到一起的混合体，属于"杂种"。而且，多数是从"东方"迁移去的。考古资料证明，公元前3000年初期，小亚细亚海岸发生过一次大规模的人群迁移，目的地是希腊。克里特岛所反映出来的米诺斯文化便是与埃及和东方交往的结果。也就是说，希腊的人种构成是东西方人种和群体结合的样本。

后来，当古希腊—罗马逐渐成为西方文明的起源地，并在形成以西方文明为霸权的"世界中心"的过程中，希腊以东的那个大半岛被称为小亚细亚，而小亚细亚再推广到世界的东方大部分地区，就是所谓的亚细亚——Asia，也就是我们的亚洲。在希腊—罗马时代，更具体的地理推论是：近距离的就成了后来的"近东"，中距离的就成了"中东"，远距离的就是"远东"。中国在这个系统中属于"远"的，于是就成了"远东"。

中肯的结论理应如此："西方"是由"东方"成就的。如果从希腊—罗马看东方，可以是"近东—中东—远东"；反过来，如果从中国看西方，也应该有"近西""中西"和"远西"。但是，目前世界地理知识并没有这样的概念。原因在于，现在的世界地理知识体系是以"西方中心"建构的，概念大都是"政治性"的话语，霸道且不讲理，是"我说了算"。

由于地理带有强烈的政治色彩，所以，在不同地方的人也就被"区分"和"排斥"——先区分不同的区域,然后根据不同地方的人群进行选择和排斥。这就是话语政治。其实我国古代也是这样的,"一点四方—蛮夷狄戎—华夷之辨"就是例证。

20世纪末有一位叫萨义德(Edward W. Said)的学者写了一本书《东方学》。书的提挈之语用了两句话,第一句出自马克思《路易·波拿巴的雾月十八日》:

> 他们无法表述自己;他们必须被别人表述。

第二句是本杰明(Benjamin Disraeli)的:

> 东方是一种谋生之道。

这两段话可以说是全书的总纲。萨义德认为所谓的"东方"其实是西方政治制造出来的一个概念,是为了要突出西方的"我者"(my self)与"他者"(the other)的关系而建构出来的,目的是要确立以西方为中心的"霸权"(hegemony)。看看今日之世界,哪一桩事,哪一种关系,哪一次掠夺,哪一次战争,不是这种霸权的产物?所以,第二句最好改成:**西方是一种霸道之道**。也就是说,"东方学说"——从概念到知识都涂抹上了强烈的"帝国主义"色彩。

"权力"在话语中的作用至关重要:对于"东方"来说,"西方中心"的价值根源无疑为"欧洲中心"。但在今日,谁又能够说清楚"欧洲"到底是什么：领土？国家？欧盟？北约？都是，也都不是。它是一个政治暗喻。要建构"中心"，就需要有陪衬，有服从，且不说"东方—他者"是"西方—我者"设计建构的，即使同在欧洲"我者"中，也存在着同样的"区分/排斥"与"陪衬/服从"的关系。西班牙著名哲学家乌纳穆诺（Miguel de unamuno）在《生命的悲剧意识》一书中曾经明确而伤心地指出：

> 在欧洲，当我着手检定我们国家当中的欧化人物所称用的"欧洲"时，我往往发现，它的大部分外围的国家——当然是指西班牙，还包括英国、意大利、斯堪的那维亚诸国、俄罗斯——仍然被摒弃在它的范围之外，因此，它所指的只是属于中央地带的法、德两国，以及它们的属地和附庸。

也就是说，即使在欧洲，甚至像西班牙这样老牌的资本主义国家，都将自己看作"堂·吉诃德"这样可笑的角色。他们也是被排斥的。

当我们明白了这些道理后，我们也就知道，对于咱中国人，永远都有两个"中心"：一个是我大中国，就是"天下的中心"，这是中华民族的"天下体系"；另一个是以"西方"为中心的"世界体系"。

今天，"天下体系"已经离我们而去，我们生存于"世界体系"之中，被挤到了"东方"。我们成为"西方中心"的区分和排斥对象。无论我们试图持什么态度，喊什么口号，搞什么宣传，操什么外交辞令，都暂时无力改变这一格局。唯一要做的是：团结起来，默默工作，心怀远大，振兴中华。

我们相信世界会变，世界在变。"中华民族伟大崛起"已经呈现。或许有一天，中国会从"东方"回到天下的"中心"地带。你可以说这是野心，也可以说这是理想，这是我心中的"中国梦"。

从"运河"到"走运"

运河是联合国世界文化遗产中的一个名录类型。具体地说，在世界文化遗产体系中，运河被划归成一类遗产。

2014年6月22日，我国的大运河入选"世界遗产名录"，成为拥有现存世界上最长人工运河的国家。大运河是中国古代劳动人民创造的一项伟大的水利工程，也是世界上开凿最早、规模最大的运河。

"运河"，英文canal，是一种人工开凿、修筑的河道，可是在中国传统文化中，其意义却要复杂得多。我曾经读到过一个材料，说有一位外国学者看了中国的地图后眉头就皱起来，他不理解中国有那么长的海岸线，从南方运东西到北方完全可以走海路，为什么要花那么大力气去挖一个如此浩大的运河工程。

是啊，从地图上看，京杭水运完全可以走海路。可是为什么中国要挖运河，而且挖得那么辛苦，挖出一条世界上最长的运河？显然，说这话的外国人对中国历史认识不够，对中国文化了解不透：我国是一个以河流文明为主的农耕类型国家，且属于季风型农业，没有内海，河流和降水成为最重要的水资源，而控制降水、水利和水运便形成了一种特殊的关系网。也就是说，在生产力不太发达的历史时期，运河能够把这些因素都集合在一起。从历史的资料来看，我国大规模的水运在春秋初期就已经开始了。

从文明类型上看，中国是一个以内陆农耕为主的文明古国，属于"**河流文明**"。世界上的著名古代文明，大都以河流命名：两河——巴比伦文明、尼罗河——埃及文明、恒河——印度文明和黄河——中国文明。以两河，即底格里斯河与幼发拉底河为例，其冲刷形成的平原被称为"美索不达米亚"（Mesopotamia），意思就是"水中央"。埃及文明、印度文明也都与河流存在着绕不开的关系，中国当然也在其列。

虽然我国的海岸线长，海洋资源也很发达，但是，中华文明并不属于海洋文明的类型，这与肇端于爱琴海的欧洲文明不同。以克里特岛和迈锡尼为核心，西方古代文明由此发轫，总体上属于"**海洋文明**"。河流文明与海洋文明有着明显的差异。

我们重温一下《尚书·洪范》的描述："箕子乃言曰：'我闻在昔，鲧陻洪水，汩陈其五行；帝乃震怒，不畀洪范九畴，彝伦攸斁。鲧则殛死，禹乃嗣兴，天乃锡禹洪范九畴，彝伦攸叙。'"（大意是周武王询问箕子有关治理国家的事情，箕子回答："我听说从前，鲧堵塞洪水，胡乱处理了水、火、木、金、土五种用物。上帝震怒，不赐给鲧九种大法，治国的常理因此败坏了。后来，鲧被流放死了，禹于是继承兴起。上帝就把九种大法赐给了禹，治国的常理因此定了下来。"）这一"中国故事"告诉我们，"中国历史"从治理河流开始。

鲧是禹的父亲。父子代际相传，甚至以生命为代价治水。读完《尚书·洪范》再重读《尚书·禹贡》，线索就清晰了。《禹贡》告诉我们，原来"中国（中邦）—疏通河道—划分九州—确立贡制"是这么来的，原来中华文明赋予"水"如此价值："天文—地文—人文—水文"成了一个网络。难怪甲骨文在表述"过去（昔）"的时候，作"𣆪"，即上为日，下为水。有的甲骨文"𣅕"颠倒上下结构，上为水，下为日。无论如何，意思都是一样的：非旱即涝。而"灾"这个字也很有意思，繁体作"災"，其实与甲骨文的"昔"类似，上面是水，下面为火，甲骨文也作洪水浩荡，波浪重叠翻滚之状。

既然是农业国家，就要进行农业生产；要进行农业生产，就要仰仗水。没有水便无以生计，这种道理明白无误。古人滨水而居，为的就是便于取水，同时也要承受水患的危险。比如殷都屡迁，水患就是原因之一。甲骨文中遗留了大量与水有关的记录，其中主要的就是求雨和水灾：

  水其福兹邑　乙3162
  今二月弗水——其弗水　乙5483+5825
  戊辰卜贞水　甲2491（十二月）廪辛卜辞

武丁卜辞有：

帝令雨足年——帝令雨弗足年　前1.50.1

帝令雨足[年]　明1382

……

那个年代，灌溉是否存在还不能确定，天雨成了最重要的农耕水源补给，相应的，卜辞中有关卜雨的内容也就占了很大的比例。

作了上面的铺垫，我们再来认识大运河的重要性就变得简单得多。第一，"运河"之"运"很不简单。《说文》："运（運），移徙也。"说明"水"流动的自然属性。《易·系辞》："日、月运行。"说明"天文—地文—人文—水文"相互协作，所谓"天地人和"，可谓"天下可运于掌"（《孟子·梁惠王上》）。"运"包含着遵循自然规律而致力改变的含义。比如"命运"，"命"指天命，强调自然，所谓"天命不可违"，"运"，则指通过自己的努力达到设定的目标。

第二，在运河的文化价值中，有许多中国独有的意义，特别是赋予了独特的"中国智慧"。中国的哲学是务实的，即在现实功能中融入深邃的哲理，运河的"运"就是一个例证。中国有一个以水立邦，以水治国，以水济民的传统，这样，"治水—建国—治国"也就串在了一起。我们也可以把话反过来说：治国的前提是立国，立国的前提是治水。

如果我们把《尚书·洪范》与《尚书·禹贡》串联起来，会有一个重要的启示：在我国治水传说中，大禹的父亲鲧同样是一位治水英雄，只是方式不对，他的方式是"作城"堵水。鲧可以说是中国城市建设的"始祖"。有意思的是，"国"之初型为"囗"，即城郭，"国—囗—城"同构。说得通俗一些，"国"字就来自"囗"，原来就是"城郭"。其实，鲧禹父子都立国，只是父亲把程序给弄乱了，要先治水才立国。儿子就这样做，所以成功了。

《周礼·考工记》有"唯王建国"之说，"国"即"城"，"城"为"国"之雏形。大禹的父亲鲧可以说既是治水英雄又是"筑城始祖"。神话传说中说鲧因其方法失当被帝舜诛杀，这或许是历史上的一个冤案，"作城"何以必为"围堵"洪水而无疏通、纾困水灾的功能？我国古代的"城郭"是依照"田"的格局造就的，"田"是利用水、疏排水的农耕典范。所以，我们更愿意将鲧、禹治水看作中国人民一代代前赴后继治水精神的体现。

第三，它也告诉我们一个重要的道理："国运"乃"水运"。水出问题，国必出问题。运河为人工，"作城"为人工，皆在治水、用水。其中的道理远不是人工建造一个水利工程可以完全解释的。运河为"水路"，却不只是水之道路，更有深刻的水之道理：水道—水理。《说文》："路，道也。"由"道路"而通达"天下"，用人工河流贯通五大水系，使自然—文化浑然一体。

第四，《禹贡》中说得很清楚，大禹治水，建立中邦，确立"朝贡"制度，以"服务"（交税——古代的"税"就是用"禾"粮食去兑赋）的方式实行税务管理。运河的主干道在古代曾经作为"官道"以运送贡物，主要是粮食，古称"漕粮"。所以，在很长的历史时期，运河也称为"漕运"，其实就是国家的"税务"。

第五，在现实生活中，运河远远超出了"漕运"的政治地理学范畴，运河两岸的人民皆受惠，特别是其灌溉功能。德国学者魏特夫（Karl August Wittfogel），把东方的专制主义与水利灌溉联系在一起，成一家之说。他提出了一个专门的术语"水利文明"（Hydraulic Civilization），认为政府在管理上的一个重要职能即建设水利设施以实行农业社会的灌溉，使人民的生计得以保障，同时防止洪灾。这一核心的价值体现在中国农业伦理中，而由此生成的文明便是水利文明。这样的观点肯定是偏颇的，但却也有一定的道理。

第六，水的"厉害"来自水的"利害"。我们常说"水能载舟亦能覆舟"，说明其"厉害—利害"。以我国古代的文献、遗址和文物等诸多材料来看，水之"厉害"不仅反映在水灾（洪水）和旱灾（干旱）方面，而且水患往往是历史记忆开端。商朝的建国历史与黄河的水患关系密切，根据《史记·殷本纪》，从商的始祖契到汤建国（约在公元前1700年）期间共迁徙八次。从商汤到盘庚建都于安阳之前，其都城又迁徙了五次。如果说鲧、禹治水表现了先辈前赴后继治理洪水的代际传承，那么，人们在干旱时期的祭祀求雨，同样可以昭穆天地。

第七，运河属于水利工程，既然是"工程"，技术也就成了一个具有独特知识性与说明性的系统。我们说中华文明，包括所有"发明—技术"，这些发明与技术都会历史性地运用与呈现在运河的开凿、建筑、维护和管理等方面。只是我们在这些方面重视不够。

第八，运河被视为人类水利遗产的一项特殊工程。它表现出水文化中两类主要范畴："活态"和"遗迹"。"活态"即那些仍然发挥功效的古代文化遗产。"遗迹"指考古遗存，往往已经凝固不变了。无论属于哪一种，我辈皆应倍加珍惜。

如此说来，运河"运载"了中华文明的重要内容。不了解运河，怎么说都是一种缺失。为了调研运河的现状，我在过去几年对其一些流经地区进行过考察。调研组以工作坊的形式进行，我们戏称为"走运"队，特别对江苏所属的一些地区的运河沿线进行选点和专题调研，包括扬州的非物质文化遗产、镇江的闸口形制、高邮的生业变迁和徐州的历史遗迹等，同时也对北京通州运河遗址进行过考察。

繁忙的运河（作者摄）　　我在运河考察（公维军摄）

如果把洪水传统（flood tradition）写在人类文明的开篇，大概不为过。因为几乎世界各种文明类型与族群的族源创世神话都伴随着洪水故事（deluge story），而且故事情节出人意料地相似。"利—害"是人类亘古的认知和实践，水关乎人类至关重要的生命和生活功能性需求，因此，水的故事一直贯穿着利—害主题，并从洪水的"厉害"讲起。它告诉我们：水造化万物和人类，同时可以毁灭人类。作为历史的教训，水以两种方式惩罚人类：一种是洪水（大水），另一种是干旱（缺水），这构成了"人类自我毁灭的传奇"（legend of the destruction of mankind）。

  我的担忧是：人类文明或将毁灭在水中。
  我的判断是：文明的终极书写由水完成。
  我的结论是：无论如何善待水都不为过。

古往今来说"古"

"历史"就是"故事",history is his story,摆明了就是这样。今天的事情都会成为明天的故事,新的也都会成为旧的。所以,我们常说"古今故事",而我们每天也都在编制、演绎和表演着"历史故事"。

现在的人,特别是研究人员、实业人士,天天都在说"创新";研究生写论文都要求"创新";各个部门机构也天天扬言要"创新";反正一天到晚都在说"新",很少说"旧"。这很奇怪。从道理上说,没有"旧"哪里来"新"?"旧"在前,"新"在后,只说"创新"不说"守旧"就像在沙堆上盖房,没基础。如果惹恼了传统、正统,看要不要挨骂:"你谁啊?石头缝里蹦出来的啊。"但是,又不是所有的"旧"都要守,我们对于过去的历史,会选择那些我们认为有价值的,符合正统的,所以中国共产党在二十大报告中提出"守正""创新",这才正确,才是道理,也才完整。

但是，我们在生活中经常遇到这样的事情，只讲创新不讲守正。挨骂归挨骂，我还是要我行我素——"创新"就这样雄赳赳、气昂昂地一路前行，成了一种社会价值的趋向，把人和事推着向前。

人们生活在任何时代皆为某种特定的社会价值所驱使，这没得说，说明人的渺小。说起来人很可怜，他（她）只能在有限的生命时间里，受制于那个特定时代特殊的社会价值，很难挣脱的。

社会价值有不同的形式和形态，我们说是"时尚"，很入耳的。比如现在老年女性到广场上去跳舞，不仅胆子大，声音大，还要拿着纱巾挥舞，真是幸福。要在封建时代，都是男人"内子"，看怎么跑到广场上当"外子"？再比如女孩在"出阁"（出嫁）之前，都要关在家里，而现在的年轻女孩子谁不跑到外面自由自在，那还是"闺女"吗？如此这般，正统的旧伦理是通不过的。那没办法，今天的"我们"才不管呢，那些"老皇历"早过时了，今天的妇女早就翻身了！

所以，人的一生也只看你遇到了什么时代。每一个时代都会有特殊和特定的时代价值。无论这些价值是被制造、被借用，还是被导入、被利用，都属于"传统的发明"，都是在传统基础上的创新。所以，不能只说"创新"，要先讲"守正"，就像要先认"爷爷"，才有机会看到"孙子"。

对于传统而言，它是一种在过往基础上的积累。所以，"古"成了最为直接的表述和表达，拥有在历史上的特定语境中不断被制造、借用、继承、创新甚或被弃用的价值。

在"文化大革命"期间,"古"与"旧"被归于同类,属于"破"的范畴,而"新"则是在此基础上的"立"。"破旧立新""不破不立"成为那个年代的社会价值观。

我家曾是一个大家族,祖辈还是留下了一些古旧之物。在那个年代,父亲因担心政治牵连,把那些古旧之物都丢弃了。从家族延续的意义上说,这是"不肖",我们是没有权力把祖先留给我们的"遗产"丢掉的。可是,在那种历史语境中,首先是要把这个家族保护下来。如果连命都保不住,还谈什么传承遗产。

今天,遗产事业通达全球,也为"古"的回归提供了契机。其实,这之间的"时间差"并不长。反正我是经历了"文化大革命",也经历了改革开放,正在经历保护遗产时代。在"文化大革命"期间,古物吓人,到了今天,古物喜人。

不一样的历史语境,不一样心态,却因为同一样的"古"。

人人都有怀古、忧古、伤古、作古的时候。这与乐观、悲观没关系,只是描述一件客观的事情。其实,只说"创新"不说"守正",只说"今"不叙"古",不是真正的马克思主义历史辩证法。而且,无论从战略还是策略上,都是缺失的。

我有一个发现,咱们中国是文明古国,却经常"身在福中不知福",老是去模仿像美国那样历史短暂、缺少古旧的"文化土豪"。那确实是"新",因为人家没有"旧"。

可"古"是多么了不起啊！那是悠久的历史，那是值钱的遗产。

只是，有的人，有时候有点蠢。守着好东西不珍惜，只去玩创新，忘掉手上的宝贝。可叹，可惜。你知道有多少人羡慕你！

有些人把这种东西称为"古玩"。"古玩"是什么意思？很少有人说得清楚。一般人把古玩与文物、古董、收藏说到一起，还有人把古玩与历史学、金石学、博物学、考古学放在一起，然后说那样的收藏有魅力、有乐趣。是的，没有人会否认这样的表述，只是完全没有把那"玩"的韵味说出来。"古玩"在表述上有一种"轻说重放"的力度，有一种"指点江山"的气魄。其实，我们经常说"古代文明"，那是什么？不就是你有"古"，人家没有吗？你有的"玩"，人家没得"玩"。

问题是，现在我们有很多的人，明明有"古"却不玩，却跟着没有"古"的玩法。真的有点蠢。

既然"古"那么有价值，就让我们来说一下。

"古"的故事

"古"有三种基本的表述：

（1）过去。强调**时间**的往昔。《玉篇》："古，久也。""古"是传说中难以追溯或无法、无需确凿的久远时代的总称。当人们言说过去的时候，常用仿古、复古、怀古、恋古、伤古、忧古等说法。

（2）讲述。强调**故事**的表述。《说文解字》:"古,故也。从十口。识前言者也。凡古之属皆从古。"简单说,"古"就是过去的事情——"故事",也就是"历史"。我在西南少数民族地区做调查的时候,经常听到少数民族在讲他们故事的开场时用"古老古太"。

（3）遗迹。强调**古迹**的留存。祖先为后人留下了大量的"古物",其中有些古物是后人睹物思先（贤）的凭证,同时也成了一门学问。有意思的是,我们把近代由西学舶来的学科"archaeology"译成了"考古学",专事考释古物、古迹之学科。

凡举三者,表述上往往并不分离,而是互为支持,只是在强调时侧重于不同层面。

"古"的造字颇为奇特。《象形字典》释"古",即"凵"（口,言说）加上"丨"（十,极多）,表示我们的先人口口相传的久远时代。有的甲骨文"𠚍"在"古"（凵）的字形基础上再加一个"口"（囗）,强调"古"的"传说"含义。造字本义为:在漫长的远古岁月中被一代一代传了下来。

日本学者白川静认为,"古"是会意字,"十"与"口"组合之字。"十"是长方形"干"（盾牌）的状形;"口"乃"凵",是向神祷告的祝咒之器。在祝咒时把神器放在神坛上,可起到保护"凵"的作用。祈祷就可以长时间地保持,这就是"古"。

由此,"古"有了古物、古旧、古昔、古代诸义。也有学者认为,"古"的第一个意思是"贞人"。"贞人"在殷商时期主要从事通过占卜等途径确定国家和王的重要事务,常用龟占卜。具体地说，就是巫师通过巫术与天交通。甲骨卜辞中"贞"，即"卜"与"贝"的组合。"贞人"其实也就是巫师，或巫师的名字。难怪"贞人"的名字常被用作甲骨卜辞分期的重要标准。

我国古代国王之所以是"天子"，就是凡是重大的事情都要向"天"报告。"王"字的结构，"三横"（代表天地人），"一竖"代表贯通。"王"就是贯通天地之人。所以，王最重要的工作就是通过祭祀与天地沟通。在古代，祭祀通常由巫师来完成。古代的"王"也就有了"巫"的意思，"王—巫"造型是一致的。在有些部族，国王兼为巫师，有些部族是请专职巫师。"巫"就是在祭祀时手持（树叶）跳舞的人（"巫—舞"同构）——通过跳舞与天沟通。其实，我国文字的初型（甲骨文）就是巫师、贞人、国王与天沟通"申报"（"申"这个字就是与天沟通）的产物。

中国古代的巫师承担与天交流的使命，转达天的预言，所以"从口"，也称为"祝"。《说文》释："祝，祭主赞词者；从示，从人口。一曰从兑省。"《易》曰："兑为口，为巫。"说明"巫"的原始形态以口兑、以跳舞等展演、展示和实践。

有意思的是，在古代生活中，巫同时是治病职业的开始。我们今天仍然有"巫医"之说；难怪"医"的繁体为"毉"。根据《黄帝内经》的记载，黄帝曾问医者岐伯说："余闻古之治病，惟其移精变气，可祝由而已。"说的就是"祝"。

在历史上的通古斯族群和区域——所谓通古斯，是西方人对操满—通古斯语诸族的泛称。这些族群主要分布在西伯利亚到我

古往今来说"古" 245

国黑龙江流域。通古斯人有一种"萨满（教）"，是在原始信仰基础上发展起来的一种民间信仰和巫术活动，其中就混合着祭祀与治病等多种功能。

原来这"古"有祭祀，与天地沟通，与祖先相会，并通过这些方式为人治病等多重意义。

巫—舞同构　　　　甲骨文是人与天沟通的作品

我们每一个人，每一代人都是祖先传承下来的产物和遗物，没有例外。"古"把我们与过去、与祖先联系在了一起。所以，我们在讲故事的时候，开篇时常用"古时候"之类的，西南的一些少数民族用"古老古太"。人们已经习惯把生活中讲述有关过去的故事说成"摆古"。

"古"成了"故事开始"。这成了一种凝固"古"的程式，这种程式有一种奇特效应，类似于永恒、不朽的特殊时间表述："亘古"。

为什么"故事"都要从"古"开始呢？原来"故"从"古"，有事由的原因，也是过去的事情，还有祖先的意思。

"说古"为的是"道今"。

这"古"的道理就这样显示了出来:"今天"是从"昨天"过来的,"现代"只是"古代"的延续,"传统"是对"过去"的发明。

"古"的知识

这样说起来,"讲故事"也就成了"古"的一个要义。人们在今天仍然有"说古"的用法,意思是将过去的故事都说成"古"。民间的一些"说书""说唱"有的干脆就用"说古""讲古"来称呼。在许多地方,"讲古"还是民间说故事、说书的专用词语。比如在福建南部地区,"讲古"指古代艺人用闽南语对小说或民间故事进行再创作和讲演的一种传统语言表演形式。这种民间技艺来源于古代的传统说唱艺术,今天在民间仍然存活。

说起来并非巧合,西方的"逻辑"在发生形态上也有相仿的意思。意大利学者维柯在考证逻辑(logic)时发现,逻辑这个词来源于逻各斯(logos),它最初的本意是寓言故事(mythos),也就是神话故事。

从这个词派生出拉丁文的"mutus","mute"(缄默或哑口无言),因此"沉默"或"哑口无言"也就成了一种与实物、真事或真话对应的语言。英语的"Oral"一词表示"口头的""口述的""口语的",其词源可以追溯到后期拉丁语中的"Oralis",其词根为拉丁语"Os",意为"嘴巴"。

这个意义的根源就是古希腊哲学的观念核心"逻各斯"

(λογός)。"逻各斯"一词虽然经常被翻译为"理性"或"思想",但它最初和最主要的意思却是"言说"。"逻各斯"既意味着"思想"(denken),又意味着"言说"(sprechen),二者从字面和意义上完美地融为一体。因此,对逻各斯的追寻需要通过言说的方式来进行。

从历史的角度看,在文字产生以前,人们可以通过口述、图画、歌咏、巫技、舞蹈甚至镌刻石头等方式来反映、记录当时的社会历史。

不过,就表述方式而言,人们习惯以口述史"讲述"历史和以文字"记录"历史来区别。一种解释是:文字记录只不过是将口述记忆以文本方式"物化"而已,它们都进行着历史记忆。其实,无论是口述还是文字都可以放在知识的范畴中来对待,有学者因此将知识分为三种类型:

言说性知识(prepositional knowledge),即关于事物的知识。

经验性知识(experiential knowledge),即事物本身的知识。

技术性知识(skill knowledge),即如何具体做一件事情的知识。

反正,不管是什么样的"言说"方式,其实都与"古—故"脱不了干系。这样,我们的生活也永远无法脱离"古"的知识的纠缠。

"古"的价值

"不说"也是"说（表达）"的一种方式。如果说中国的"古"有一个非常明确和突出的特征的话，那就是静默的古物。那是一种巨大的、无形的价值。中国的"地下之物"也属于"不言说"的存在叙事，比如随葬物。

这些随葬的器物体现了中国自古以来的"事死如事生"——人在地下过与地上同样的生活。具体地说，地面上的人们用什么东西，地下也要有。虽然那些器物与人一起"作古"，但它们无时无刻不在"讲述"。

我国的考古学家之所以那么忙，就是地下的"古物"太多。中国人有时很奇怪，在活着的时候毁灭掉很多的古物，所遵循的原则是"毁前朝"，所谓"老皇历"：一个新的朝代开始，就把旧的东西都丢掉了。秦始皇树立了一个坏榜样，"焚书坑儒"就是"毁前朝"的例证。所以，我国在地面上遗留下来的东西不多，好在还有地下的。加上中国那么大，历史那么悠久，所以，我国的考古学家特别忙。

"古"与其说是一种时间制度、器物范式，还不如说是一种价值形制。对于"古"的执守与继承、破坏与毁灭的价值观念和行为，一直贯穿在社会实践之中，也一直贯穿在中华文明史之中。

今天，中华民族的伟大复兴包含对"古"的重新认识。如何"守正"是摆在我们每个人面前的重大责任和使命。

瞎子怎么书写历史篇章？

如果有人告诉你，瞎子在历史上曾经起到过重要作用，你可能会感到意外。瞎子连一头完整的大象都看不清楚（"盲人摸象"），怎么可能在历史上起重要作用？更有甚者，比如在生活中如果一个人不识字会被说成"文盲"。"文盲"就是"瞎子"，专指那些没文化的人和群体，他们的生理器官没有问题，只对文字"睁眼瞎"。我们今天还在用这样的概念，比如"扫盲"——扫除文盲。

这样的表述其实很是令人生厌，也违背历史常识。如果一个民族没有文字系统，就有可能被说成"非文明民族"或"野蛮人"。这些词汇在历史上曾经很普遍，好像识得几个字就多么了不起了。人类学在"社会进化论"的表述中就有过这样的历史，尤其表现在古典进化论阶段，这已经属于常识了。

造成这样的历史原因其实要怪"文字"，也就是今天学术界所说的"书写文化"（writing culture）的话语权力。而像口述、音乐、图画、形体等表达方式也就被置于"文字（书写）"的对立面，沦为屈尊的地位。所以，按照这样的分析和推断，"瞎子"是不可能在历史上有什么作为的。

可是，有人坚持认为瞎子以口述、音乐（比如行吟诗人）等方式传播知识在历史上曾经非常普遍，而且他们还是智者的化身。重要的是，坚持这一观点的人有凭有据，言之凿凿，古今中外皆有。

看来我们需要严肃对待。作为常识，"说—唱"，无论作为表述方式、艺术方式还是传播方式都比文字早得多。以历史的眼光看，"写"是"说"的"儿子"，"说"在前，"写"在后。这有点像一个婴儿呱呱落地，肯定是先发出声音，先学说话，后学写字。

"说—唱"在记录和记忆社会历史方面远远先于书写。在我国，传说文字由仓颉所造，《春秋元命苞》这样描绘他："四目灵光，实有睿德，生而能书。于是穷天地之变，仰观奎星圆曲之势，俯察龟文鸟羽山川，指掌而创文字。"这段话告诉我们："仓颉"之所以能够发明文字，是他观察、体验、借用了原始巫术，包括卜术、邪技、灵异、天象等而成的。也就是说，巫术、方技、口诵、歌唱、舞蹈、形体、图画等都曾经（其实现在依然如此）作为历史记录与传承的方式。

我国古代巫师的占卜其实就少不了"刻画"。甲骨文被公认为是我国最早的代表性文字，其实质就是占卜的产物。所谓"卜"就是在龟壳、牛骨上刻画图像。《说文解字·卜部》也说：

"卜，灼剥龟也，象灸龟之形。一曰象龟兆之从（纵）横也。"这就是中国文字的创始方式。

所以，在远古时代，占卜、巫术、口述、绘画、歌唱等方式更具有代表性。只是在文字出现以后，特别是统治阶级利用文字进行统治以后，"书写/口述"才有了质的分野。随着"文字权力"的凸显，非文字的表述在历史的天平上逐渐发生了倾斜，成为文字的陪衬。就像现在大学里读书的学生，都要"写"论文，否则不准毕业。如果有人说我唱歌、我跳舞、我演奏、我绘画、我雕塑是否可以替代"写"论文？回答：不能！唱歌、跳舞、演奏、绘画、雕塑这些艺术形式只能是"写"基础上的"附加"，却断然不可以替代。

反正，不写就是过不去。

反正，教育部门这样规定。

反正，文字了不得，惹不起！

说起来有点奇怪：孔夫子肯定是中国教育史上的鼻祖和泰斗。可是有什么人读过孔夫子的文章呢？传说《春秋》是孔子的著述，但争议颇多。最有力的证据是孔子说自己"述而不作"。最直白的一种翻译：只说不写；还为我们留下了经典句式："子曰"。这要是在今天，像孔子这样的学者且莫说当什么泰斗，在大学里连讲师都不够格，因为没有文章。"只说不写"（述而不作）对今天的教育有些反讽的意味，这种人在背地里会被人嘲讽：只会夸夸其谈，不会写C刊。可以说，"述而不作"在今天基本上是个贬义词。

可是人家是孔夫子！他最有代表性的作品是《论语》。什么叫"论语"？就是孔夫子讲述，他的弟子记录。老师说—学生写，那"说"的位置分明比"写"的高，所以"子曰"。毫无疑问，"论语"是历史上的大事件。以往人们更多关注"论语"中的仁义、德政、大同等政治论题，对"论语"的口述形式不太重视。其实其中包含很多重要的历史话题。司马迁在《史记》中这样评说：

> 是以孔子明王道，干七十余君，莫能用，故西观周室，论史记旧闻，兴于鲁而次《春秋》，上记隐，下至哀之获麟，约其辞文，去其烦重，以制义法，王道备，人事浃。
>
> 七十子之徒口受其传指，为有所刺讥褒讳挹损之文辞不可以书见也。鲁君子左丘明惧弟子人人异端，各安其意，失其真，故因孔子史记具论其语，成《左氏春秋》。
>
> ——《史记·十二诸侯年表》

这段话里有几个相互连接的历史事件，很有意思。我们来仔细品味一下：孔子曾试图从政"事君"，"莫能用"，不遂意。按照今天的说法就是孔子其实很想从政当官，但他的仕途一直走得不顺，他很不爽。于是，他观周论史，带着弟子们周游列国，到处旅游。孔子靠口述传递思想，弟子们记录下先生的口授。孔子不太喜欢写作还有一个重要原因，按照司马迁隐约的意思，那是因为文字有"刺讥褒讳挹损"的危险性，最好不留墨证；但口述又可能"失其真"，所以左氏作成《左氏春秋》。

那意思是说，孔夫子很清楚"口述/书写"的各自道理，特别是文字存在着诸多的"危险性"，而《左氏春秋》的作者左丘明只是按照自己的理解而作，姑且可以看作"异端"（一端、一说）。

总之，上述种种，说明文字在那个时代并没有什么特别的了不起。以本人愚见，孔子还有一个非常了不起的预见，很多人都没有注意到，那就是"子曰"句式中隐约表露出"口碑"比"文墨"好——能够通过"口碑"流传的才是最了不起的，属于"神圣事迹"。事实证明，孔子过世不久，秦始皇就开展了"焚书坑儒"，先秦的许多著作都被焚毁。孔子的家书要不是因为藏在孔氏家宅的墙壁里，可能也遭此劫难。而孔子的思想却通过一代一代的口耳相传，成为中华民族的代表性思想，成就儒家之学，同时留给后人伟大的"子曰"式历史遗产。

当然，读者可能会反驳：后人如果不是靠文字怎么有机会读到《论语》呢？驳得好！确实，文字有着比口述更可依靠的记录方式。后人的所谓"读书"，当然是通过文字的方式来学习。这没问题。笔者在此没有轻视文字功能的意思，而且"笔者"（"动笔者"）一生都靠"写字"为生，否则

孔子像（资料图）

读者也读不到我写的故事了。那孔子当然更明白这个道理，只是他老人家看得很清楚，口述与文字各有利弊。

他老人家之所以不太写作，除了当"老师—先生"的工作外，他或许还有预见，中国历史上的"文字狱"让许多仁人志士遭受祸殃。这也让读书人面临两难：一方面要表明自己是有知识的，会识字，能书写，不与那些"文盲"同流；另一方面书写可能成为"书证"（证据），万一要是得罪了皇上或是统治阶级，弄不好要"株连九族"。难怪曹雪芹在《红楼梦》的开篇就"装傻"：

满纸荒唐言，一把辛酸泪。都云作者痴，谁解其中味。

真是挺"辛酸"的。

相比较而言，虽然乱写同样也不能乱说，只是，乱说比乱写的风险还是小一些。

西方历史也隐约透露出这样的线索。大家知道现在遍布世界的国家体制中，最有代表性的是共和制。"共和"（the republic）是什么意思呢？用白话说，就是大家到一个广场一起来发表意见（发声、讲话）。"public"是公共场所，"re"代表"大家"。这其实也就是"人民民主"（大家一起发声，共同表达意见）的本义。

可是，什么时候文字就"崭露头角"了呢？英国学者安德森（Benedict Anderson）在《想象的共同体》一书中回答了这个问题。说是在历史上文字与印刷技术相结合,并成为国家的统治工具,"口述"等其他表述方式也就被挤到角落去了。

书写得势虽属历史的必然,但总不能数典忘祖。就像今天出现了电脑,手书也就逐渐被挤到角落一样。我们总不能因为有了"电脑"就把"人脑"给"废"了吧。

公平、公正的态度是把历史串起来严肃对待,像对待我们的家谱那样。所有曾经引领过"风骚"的表述方式都应赋予一个应有的历史地位,这才是历史的态度。

挚友叶舒宪教授曾经考述过"诗歌"→"寺人"→"瞽宗"(音乐教育之师祖)之间的关系,他认为寺人与瞽矇(盲乐师)是对诗歌的创作和传授起作用最大的两类人物。大致的意思是,"出家人"和"瞎子"是诗歌创造的创始者。"诗(詩)"可拆解为"言—寺",就是在寺庙里"说唱"的人。这些例证是否足以支撑"瞎子更适合于诗歌与音乐的创作与传播"的说法,读者自己评估。

很少有人去追问古希腊"盲诗人"荷马是怎么写出《荷马史诗》的。英国大历史学家汤因比对此有过一个听上去很勉强的解释,他说因为盲人无法成为战士,但是可以弹奏动人的弦琴,利用歌喉来完成他无法完成的事业。歌唱的材料可以从那些没有艺术才能的普通士兵那里获得,因此,盲人成为一般战士所无法企望的不朽名声的传播者。这是一个充满矛盾却很精辟的见解:"盲人"属于残疾人,诗歌和音乐却成了他们的弥补手段,他们因此成为知识不可缺少的记录者、创造者和传播者。

这样的解释或许并不周延，但很有建设性。从我们今天所获得的信息可知，荷马大约生活在公元前十二到公元前七世纪之间，生活和活动的地区为爱琴海及其周边。他的身份是一位民间盲诗人。意大利学者维柯非常有胆识，在《新科学》里，他以"发现真正的荷马"为题来解答"瞎子书写"的问题。

> 关于荷马和他的诗篇……就曾疑心到此前人们一直在置信的那个荷马并不是真实的。……但是一方面有许多重大的难题，而另一方面又有留传下来的诗篇，都似应迫使我们采取一种中间立场：单就希腊人民在诗歌中叙述了他们的历史来说，荷马是希腊人民中的一个理想或英雄人物性格。
>
> 首先，我们要对此说明下列各点：(1) 为什么希腊各族人民都争着要取得荷马故乡的荣誉呢？理由就在于希腊各族人民自己就是荷马。(2) 为什么关于荷马年代有那么多的意见分歧呢？理由就在于特洛伊战争从开始一直到弩玛时代有四百六十年之久，我们的荷马确实都活在各族希腊人民的口头上和记忆里。(3) 他的盲目。(4) 他的贫穷，都是一般说书人或唱诗人的特征。他们都盲目，所以都叫作荷马（homéros 这个词义就是盲人）。他们有特别持久的记忆力，由于贫穷，他们要流浪在希腊全境各城市里歌唱荷马诗篇来糊口。他们就是这些诗篇的作者，因为他们就是这些人民中用诗编制历史故事的那一部分人……他是一切其他诗人的祖宗。同时，荷马是流传到现在的整个异教世界的最早的历

瞎子怎么书写历史篇章？　　257

史家……

在这里，维柯对荷马问题已经做了非常清晰和精辟的评说，再赘述就很不知趣了。只是，"荷马问题"所引入的口述与书写的问题却给我们许多重要的启示。

其实，"口述/书写"、"口述史/文字史"等话题在当代之所以格外受到重视，除了上述诸原因外，还包含着对知识表述方式的反思。因为，人类历史一直面临——过去、现在和将来都面临着对我们传统的、习惯的书写方式的转型。任何表述方式都在静静地发生变化。

今天，我们悄然地对习惯的手书方式产生了生疏感。而由电脑替代手书的方式所经历的时间如此之短，至今大约就只有30年而已。

或许有一天，人们也会反思人的头脑如何被芯片、智能、数据所替代的问题。就像我们今天讨论的"文字"替代"口述"那样。

以后我们会不会也要为文字的权力丧失而鸣不平呢？

或许吧。

"名录"如此保护文化遗产

当今,由联合国主导的"遗产事业"风靡全球,成为人类共同的事业。我国也在强力推动。这种"自上而下"的方式,由国家主导,各行政部门跟进,媒体铺天盖地的卷入,老百姓的眼睛、耳朵,全都塞满、灌满了这些东西。看多了,听多了,便"家喻户晓"了。可以说,现在几乎没有什么人不知道遗产了,特别是"非遗"。可是,他们只知道遗产的名称,多数还真不知道遗产是什么。

给读者说一个我遇到的真实"小品"段子:有一位教授,在一些场合可能多讲了几句"遗产",附会了一些历史,就被当成了"遗产专家",到处请他去讲学,也赚了不少的讲座费。用东北话说,很"嘚瑟"。有一天,他遇到我,把我拉到一旁,悄悄地问:

"哎,彭教授,我问你啊,'非物质文化遗产'到底是什么啊？"

我说（有点反讽）：

"哎，你到处搞'非物质文化遗产'讲座，赚得盆满钵满，居然不知道你在讲什么？你的钱怎么赚的？"

他说：

"我真不是很清楚。'非物质'中又有很多'物质'，那到底是'物质'还是不是'物质'，比如酒、茶、食物什么的，这些明明都是'物质'，怎么都成了'非物质'了呢？按照我们的理解，'非物质'就'不是物质'，这也是我们对'是非'基本意思的区分。可是如果把'非物质文化遗产'中的酒、茶、丝绸等都理解成'不是物质'，那还不乱了吗……"

他一边唠叨一边吐槽，说明这一概念把他憋得难受了很久。最后我只回答他一句："那是翻译上的问题，不应该翻成'非物质文化遗产'，而应该是'无形文化遗产'。"他听着把眼睛翻了翻，似乎对我的回答也不太满意；继续赚他的讲座费去了。

这个"段子"真实地反映了生活中较为普遍的现象，尤其在今天——大家都在说，热火朝天地，说了半天却不知道在说什么，还口干舌燥的。

说起来"遗产名录"也是个类似例子。大家都了解名录，也为我国在联合国拥有最多"世界遗产"（我国在联合国遗产名录中的文化遗产、非物质文化遗产数量都排名世界第一）而自豪。对大多数人来说，"名录"就是某一个缔约国向联合国教科文组织申报某一项遗产，获得通过，就成世界遗产了。我国的文化部门也与之接轨，设立了"国家名录""省级名录"和"市级名录"。

可是如果有人问：为什么遗产要用"名录"？一般人就被问成了哑巴。他们确实不知道为什么遗产都要用"名录"，而不用项目、类型、式样、花样、款式、名目等称谓。原因是，"名录"有自己的历史故事。这个故事与法国有关，现在通行的世界遗产"名录"原型，就是从法国故事中来的。

法国是世界上公认的遗产大国。法国人喜欢古董，也喜欢保存古董。法国人更喜欢把古董与时尚搞在一起。

法国人喜欢古董，国王是带头人。法国历史上的国王大都喜欢收藏文物，这种癖好据说始于弗朗索瓦一世时期（1515—1547）。今天每个去巴黎的人都会去卢浮宫，到卢浮宫必须去看达·芬奇的油画《蒙娜丽莎》。大家都知道达·芬奇是意大利人，怎么那画放在了法国的卢浮宫？那就是因为弗朗索瓦一世喜欢收藏，从意大利购买了大量艺术品，包括油画《蒙娜丽莎》。到了路易十四（执政期从1643年至1715年）时期，法国王室已经收集了约2 000幅油画、150多座雕刻和700多张素描，还有其他大量美术作品。路易十五和路易十六时期也继续从意大利、西班牙等购入艺术作品。

现在我们才明白，为什么法国的卢浮宫能有那么多的艺术珍品，为什么那些文物又大多集中到了巴黎的卢浮宫呢？据介绍，卢浮宫始建于1204年，原是法国的王宫，居住过50位法国国王和王后，是法国古典主义时期最珍贵的建筑物之一，后来成了博物馆（Musée du Louvre），为世界四大博物馆之首。现在卢浮宫宫前的金字塔形玻璃入口，是华人建筑大师贝聿铭设计的。

卢浮宫外景（作者摄）　　　　卢浮宫内景（作者摄）

把皇宫改成博物馆，那是路易十四的功劳。他把卢浮宫腾出来，让法兰西学院、纹章院、绘画和雕塑学院以及科学院搬到里面，也把文物与艺术品汇集到那儿。卢浮宫就这样成了全世界最伟大的博物馆。读者若有可能，也可以到凡尔赛皇宫去看看，里面也珍藏着好多文化遗产，好多艺术珍品。

到了1789年，法国发生对世界近代史具有里程碑意义的"法国大革命"。"法国大革命"推翻了封建君主专制统治，经过几年反复的政治斗争，1792年成立了法兰西共和国。

法国当时的民众被分成"三个等级"。第一等级是僧侣：以祷告为国王服务；第二等级是贵族：以宝剑为国王服务；第三等级是农民、工人、贫民和新兴资产阶级：以财产为国王服务。

法国大革命的成果是建立新的共和国家，要找一个名头、概念或话语，能把原来的三种等级都囊括进来，让他们都成为平等的"公民"。找来找去，最后找到了"民族"——Nation，用于代表新型国家。所以，现在全世界通用的国家其实是"民族国家"（Nation State），现代意义的"民族"概念大致也是从这里来的，Nation就是国家。大家知道"联合国"被称为United Nations。

新的国家除了国家概念之外，还要设计一面共和国国旗。"国旗"也要体现三个等级团结在一起的"共和"；于是国旗设计出了三种颜色（三色旗）。后来很多欧洲国家也都以此为模板设计出各种各样三种颜色的国旗。现在大多数人对法国"三色"的解释是"自由、平等、博爱"，这其实是后续的解释，不是本义；本义是把三个等级的人都团结起来。

新型国家的成立并不是一蹴而就，而是反反复复的。在这个过程中，各种组织、党派都提出建立新国家的主张。派别中有左、中、右，其中有一些"极左"的观点是要把法国封建时代留下来的"封建遗产"全都砸毁，重建一个"崭新"的法兰西共和国。

对新国家蓝图的设想，出现了各种各样的主张、见解和观点，各方相持不下。在这个时候，摆在新型国家面前的一项重要任务是：如何接手那些从旧时代遗留下来的遗产，如何将原来的"私人财产"转变为"国有财产"。

显然，要解决这些问题，建立新的由专家主导的，具有法律效力的保护措施是最有效的途径，这也由此形成了一条历史线索：

1790年法国成立了第一个"历史建筑委员会"。

1830年创设了历史建筑总督察一职，并配备了记录、保护和修缮历史建筑的资金。

1837年创建了由建筑师、考古学家和政府官员组成的"历史建筑委员会"。

1840年该委员会编撰了欧洲最早的一份历史建筑保护名单："请求资助的历史建筑名录"（LISTE DES MONUMENTS : Pour Lesquels Des Secours Ont Été Demandés）。

1841年颁布了一道法令，规定了委员会的使命和责任。

1887年颁布了首部文化遗产保护方面的法案，即《历史建筑保护法》，明确了政府干预的范围。

1913年通过《历史建筑法》，是延续至今的重要法令，包括了现行法令的主要基本点。

值得大书特书的是，在新旧交替的关键时刻，法国一批公共知识分子挺身而出，对保护法兰西的历史文化遗产起到了关键作用。代表人物是被法国视为保护文化遗产的"先驱":梅里美（Prosper Merimee，1803—1870）和雨果（Victor Hugo，1802—1885）。他们是知识分子的楷模!

为了保护法兰西文化遗产，他们做了以下工作:首先，协助国家对一些重要的标志性遗产、遗物和遗址进行相关的确认和确立工作。其次，对重要的遗产、遗物和遗址按照"名录"方式进行登记、造册、保护、整理、修复等，并对遗产进行分类和归档保存，建立完整的文化遗产历史谱系。最后，通过国家对遗产的理念宣传和实践，建立符合新型国家公民社会的伦理价值。

特别是，他们在收集、整理法国的历史文物、遗产、遗址等方面起到了重要的作用。这项工作非常繁重，按照梅里美的估算，大约要花250年的时间，差不多要编写900卷说明性的文字。

历史学家圣佩韦（Sainte-Beuve）这样评价他们的工作:

> 这项工作就像是朝圣，专家们遍查各地，冲向任何有尖塔、教堂塔楼和哥特式拱门的小镇，在村镇最古老的区域搜访，探查最狭窄的小巷，在任何一片有刻文和装饰的石刻面前久久停留……

可以想见，这一批知识分子的工作也受到巨大的阻力，包括来自地方政府和教会的阻碍，更有来自传统封建社会观念的挑战。他们无私无畏，勇敢前行，直到1840年，他们登记在册的历史建筑有1 076件，到1849年就接近4 000件了。

这就是"名录"的雏形和原型。

顺着"名录"故事，给大家讲两个历史的"花絮"。

1832年，地方政府为加宽街道意欲拆除Saint-Jean修道院，经过两年的协商，政府终于阻止了拆除计划。该敕令在1834年使得该修道院免于拆除。梅里美发现很多历史遗产处于濒危状态，盗贼、公物恣意破坏者、自私的城市开发商，甚至各种机构也都参与到破坏这些遗产的行列之中。梅里美担心这种重构历史所带来的危险，于是就请了一些建筑设计师们来进行维护和修复工作，但"修复"原则的确定也经过了历史的折腾。曾经有建筑设计师以"创作"的方式来代替修复工作，包括使得巴黎圣母院"焕然一新"。对此，雨果非常生气，还为此撰以长文。由于文章太长，我只撷取一小段以飨读者：

> 我在这里想说，并想大声地说的，就是这种对老法国的摧毁，在被我们于王朝复辟时期多次揭发以后，仍然是在进行着，而且日愈疯狂和野蛮，已到了前所未有的程度……然而，为了文物建筑，为了艺术，为了法国还是法国，为了记忆，为了人类智慧的伟大结晶，为了先人集体创作的作品，为了历史，为了制止摧毁永不可再生的，为了给未来留下一个民族最神圣的东西，为了过去，为了这一切来制定一条可称之为正确的、好的、健康的、有用的、必需的并且紧急的法律，我们却没有时间了，我们却不去制定了！

太可笑！太可笑！太可笑了！

维克多·雨果（载于法国1832年第一季度的《两个世界的杂志》）

这些故事让我们了解到，为了保护好历史文化遗产，三个方面的共同合力才显得完整，而这些工作都浸透着法国公共知识分子的责任、良知与专业技术。他们集中致力于：（1）帮助国家确立立法精神和立法实践对遗产进行有效保护；（2）知识精英通过历史责任感、专业知识和技能，特别是以"名录"的方式对文化遗产进行有效保护；（3）进行社会化宣导，培育出一个拥有高规格公民素质的社会。

如何把对遗产的认识和保护化为"公民伦理"，显然是一个更为艰巨的任务。法国政府通过设立"遗产日"、设立政府性的财政补贴，免费开放博物馆、遗产地、遗址，将博物馆、文物、遗产等作为教育的场所，利用节假日、各类庆典活动等普及性措施，传播和提高公民遗产保护的意识和素质。

以巴黎为例，为普及遗产保护和文化教育，巴黎乃至整个法国的国有古迹对18岁以下的人员不收门票，卢浮宫等33个国立博物馆、100处文化遗产和古迹，在每个月的第一个星期日免费向公众开放。每年9月第三个周末的"文化遗产日"，公立博物馆一律免费，私立博物馆票价减半。

经过两百多年的努力，遗产已经逐渐成了法国现代人生活的重要部分。

"名录"的故事讲完了。我的眼前浮现出雨果的小说,电影《巴黎圣母院》的场景,真是不朽的建筑,悲凉的爱情,伟大的作家。

当然巴黎圣母院也是法兰西文化遗产的一个标志。

不幸的是,2019年4月15日法国当地时间下午6点50分,巴黎圣母院发生火灾,整座建筑损毁严重,特别是顶部的塔楼,尖顶如被拦腰折断一般倒下。

巴黎圣母院原景(作者摄)

巴黎圣母院火灾引起了全世界的关注,2019年4月16日,中华人民共和国主席习近平就法国巴黎圣母院发生火灾向法国总统马克龙致慰问电,向全体法国人民表示诚挚的慰问。

2021年3月5日,巴黎圣母院保护工作结束,修复工作正式开始。修复工作除了政府部门和技术部门以外,法国各界也挺力资助,比如:

法国亿万富翁弗朗索瓦-亨利·皮诺表示,将出资1亿欧元(约合7.6亿元人民币)帮助重建巴黎圣母院。

法国及欧洲首富、奢侈品巨头伯纳德·陈忠诺特承诺为巴黎圣母院的重建出资2亿欧元。

法国航空公司发布声明,承诺将免费运送专业维修人士至巴黎,帮助修复巴黎圣母院。

……

一座教堂、一个塔楼,一场火灾引发的世界的目光,让我们明白了为什么"名录"出在法国。

书院：中式教育的历史遗产

中国是一个教育大国，不仅领土面积大，人口多，教育传统历史悠久，更有孔子、朱子等教育圣人传统与历代传承。

可是，虽然中国自古就是一个教育大国，教育范式举世闻名，但由于中式的传统教育模式不能适应现代教育的发展，现在的学校里已经几乎看不到古代的教育传统了。说得更明白一些，我国的传统教育体制由于无法承担当今教育"流水线大批量生产"的使命，那些与"私塾"同类的传统中式教育已经悄无声息地退出了历史舞台。现在的教育，从小学到大学的体制和形制是完整地从西方移植而来的，而我国自己的教育则被"博物馆化"。中国古代的"学堂"大多成为"书院"，冷凄凄地晾在一旁。

理智地想，这其实倒也没什么。人类总是把时间变成"功利"的选择器，选择的原则是"用"，中国人尤其如此。就像我学人类学，曾有无数人问过我"人类学有什么用？"甚至连有些学者朋友都问同样的问题，好像我不食人间烟火，居然去学人类学。中国自己的教育也一样,"用"字当头。其实,我们也明白,当我们今天无情地丢掉祖先留下来的遗产时,我们未来也一定会被子孙们无情地抛弃。我们怎么丢弃,我们的子孙也怎么丢弃。因为我们现在的东西以后也可能没有"用"。想到这些,也就坦然了。

可是转念一想,还是过不去。从西方移植来的教育体制在我国是否合适?哪些合适?不合适怎么办?这显然都是问题。我们需要回过头到中国传统的教育遗产中汲取智慧。而其中,书院就是一个重要的遗产。

"书院"是中国古代传统的教育机构,依其规制,属于今天的教育系统。虽然,作为中华民族传统的知识教育体制确实已经无力承担现代的教育使命,却并不妨碍这一份中式教育遗产仍有大量的文化基因值得挖掘,特别是在中国的教育出现问题的时候。毋庸讳言,我们这方面的工作做得不够、不好。相较于舶来的西式教育,我们对传统的中式教育的漠视,有时到了令人心痛的地步。

我曾经举过例子:屠呦呦是第一位,也是迄今唯一一位获诺贝尔自然科学奖项的中国本土科学家,也是中医药成果获得最高奖项的第一人。她获奖的理由是:发现了青蒿素。中国的蒿属(Artemisia)正是传统中国本草博物学中的重要分类。这种药物可以有效降低疟疾患者的死亡率,也因此挽救了世界上许多人的生命,尤其是在非洲和亚洲。

屠呦呦在获奖演讲中提到了提取青蒿素的方法:

> 当年我面临研究困境时,又重新温习中医古籍,进一

步思考东晋葛洪《肘后备急方》有关"青蒿一握，以水二升渍，绞取汁，尽服之"的截疟记载。这使我联想到提取过程可能需要避免高温，由此改用低沸点溶剂的提取方法。

很清楚，屠呦呦在其医道生涯中正是汲取"葛洪偏方"取得了成功。葛洪不属于西方科学家的认知范畴，他的著述丰富，其中不仅有《肘后备急方》《抱朴子》内外篇和《金匮药方》，还有《神仙传》等。他也炼丹。他的"药方"大多来自民间的"偏方"，这些"偏方"皆惠泽于中华民族独特的"本草学"，所用的知识和方法都取自中国传统的医道原理。然而，今天惠州的葛洪博物馆却"追认"他为物理学家、化学家。笔者窃以为大可不必。葛洪就是中国自己的半仙、半神、半医的道学家，一位地道的"中国医生"。

这个例子警醒我们，中国在教育上不能遗弃中国自己的教育传统、教育经验和教育智慧。所以，我们应该经常到自己的"书院"走走看看。我在想，或许现在世界教育所出现的一些问题，其"处方"正好就在中国的书院里。

前些年，我经常上武夷山，知道那世界"双遗"（文化与自然遗产）不是浪得虚名。朱熹所创立的书院也在那里。我国的书院最早出现在唐玄宗时期，而书院制度正式成为教育制度则与朱熹有关。福建武夷山书院成了朱熹创立书院的一个历史雏形。

朱熹像（资料图） 　　　武夷书院（作者摄） 　　　理学正宗（作者摄）

朱氏缘何与武夷山结缘？缘何将教育"正统"形制置于"蛮夷"之地？这得从朱熹之父朱松讲起。

朱松（1097—1143），字乔年，号韦斋，原籍徽州婺源。北宋政和八年（1118）进士，宝和五年（1123）授政和县尉。这年中秋，全家迁到政和县（位于福建南平市、宁德市及浙江省丽水地区交界处）。朱松的父亲朱森、弟弟朱槔也一起同往。

到政和县任职后，他重视兴办教育，创办星溪书院与云根书院，亲自讲学督课。他又是一位笃于道义、刻苦钻研学问的人。到达政和不久，得知浦城萧凯从学杨时归来，便特到浦城拜萧凯为师。后又从延平（今南平）罗从彦学，并与延平的李侗，崇安的胡宪、刘子翚、刘勉之等结为好友。朱熹在《朱公行状》中说，朱松"得浦城萧公凯子庄、剑浦罗公彦冲素而与之游，则闻龟山杨氏传河洛之学，独得古先圣贤不传之遗意。"

建炎二年（1128），朱松调任尤溪县尉，仅任职七个月，便调离尤溪。建炎三年（1129）八月，摄泉州石井镇。建炎四年（1130）为避战乱，买舟携眷迁入尤溪，寓郑氏草堂。这年九月十五日，朱熹在此降生。绍兴四年（1134）召试除秘书省正字。不久，因朱松母丧，回家守制。绍兴元年（1131），朱松携七岁的朱熹移居建州，服除，历官秘书省校书郎，著作佐郎，史馆校勘等职。

秦桧当权，决策议和，他以吏部郎上书力谏和议。绍兴十年（1140）受贬出任饶州，他不愿赴任，自请任祠职在建州闲居，日以读书和课子为乐。

绍兴十三年（1143）三月二十四日卒于建瓯环溪精舍，年47岁。著作有《韦斋集》十二卷、《外集》十卷，卒后赠通议大夫。元至年间（1341—1368）追赠献靖，明熹靖年间从祀启圣祠。

朱熹先祖之所以来到福建，虽然表面上只是随父迁任，却无意中透露了一个重要的中式道理：**政教合一**。知识分子办学有如"传教"，四方播种，孔子周游列国即为榜样。这其实涉及传统教育中**知行合一**的理念，二者既融合，又抵触。窃以为，中国的教育办得好不好，与二者关系处理得好不好有关。我国现行教育中的许多问题正是肇端于此：为教者，附会政教合一；为学者，为分数丢弃知行合一。

作为中华民族教育遗产的一个重要形制,书院不仅聚焦于其在中国传统社会中的教育、藏书等功能,也将自身视为中国正统思想向大众传播的机制或渠道。书院在历史上曾经承担着重要的教育使命。

朱熹对书院发展的贡献是学界公认的。据考证,与朱熹生平有关的书院有67所,其创建的有4所,修复的有3所,读书讲学的有47所,题词刻匾、赋诗作记的有13所。朱熹在知南康军任上修复了白鹿洞书院,在开学时亲自讲说《中庸》首章,并取圣贤教人为学之大端揭示了门楣,即《白鹿洞书院揭示》,成为中国书院精神的象征,其所引领的书院在宋代以后,与官学、私学鼎足而三,共同支撑着中国古代社会的教育事业。

中国的教育基地——书院有五个特点:(1)重礼仪。中国的教育原本就是"礼仪之邦"的示范,从儿童教育开始。在这方面,书院比一般的教育机构更具有礼仪的意味,西式教育在这一点上差得太远。(2)行祭祀。祭祀对整个书院的事业是至关重要的,书院祭祀的对象有着明显的等级特征,也有宗派的特点。只有在书院史上有着突出贡献的学者才能有机会被后继者所供奉,这也使书院能延续其学术宗派,保持高度认同感。(3)显范式。一般的中式书院有四大基本规制,讲学、藏书、祭祀、学田是书院制度有效运行的保障。书院遵循着士人的耕读传统,就是将文明的特点与教育结合在一起。其实,中华文明之所以"连续不断",这种教育与生计相结合的方式起到了重要的作用。(4)多功能。书院曾经是集教学、藏书、祭祀、出版、经营管理等功能为一体的社会组织，对社会起到了非常重要的教化作用。（5）集资源。书院的维持集官方扶持、地方贤达资助、民众认同和参与于一体。具体地说，"集资办学"，包括官办、民办、公办、私办、商办、协办、家办、族办等，形成了多种办学共同参与的局面。

今天我们的教育往往需要两个特点，虽然看上去有点矛盾：第一，最迫切的是与"有用"、"短期利益"相关的所谓"科技"创新，因为教育关涉到人才的培养，而人才在社会发展中"排名第一"。第二，最需要"坚守传统"。办学其实最看重的是"传统"，世界名校都是"老校"，几乎没有例外。现在的西方大学校园里，上下课的"敲钟声"源于欧洲中世纪的"教堂钟声"。我在欧洲上过学，那些好大学真是又旧又老，从皮囊到内在皆然。但重要的是，他们可以是"世界一流"。

今天我们的教育出现了一个明显的问题——知行分离。朱熹办教育秉持的最重要的原则是知行合一，恰恰可以医治我国现行的教育弊端。我们相信：传统的中华教育体制，许多基因对校正我国的教育问题大有帮助。

重要的是，中华读书人，无论过去抑或现在，都要记住，我们都是中式教育培养出来的中国人，千载传承的教育是一份丰硕的中华遗产，嘱我辈守好、传好。

"红毛番"的历史掌故

人们在生活中经常会忽略一些隐形的变化，比如称谓。称谓的变化其实是态度发生了变化。比如人在年轻的时候，人家称你"小×"，到老了，人家称"老×"。这些变化有的很简单，有的却很复杂，有的却值得玩味。比如我们今天在民间通常称外国人为"老外"。"老外"没有褒贬，属于中性词，只是非常客观地称呼人家"外国人"；外国人也接受我们对他们"老外"的称呼。可是，很多人不知道，"老外"刚刚来到中国的时候，中国人不是这样称他们的。早先的时候那些外国人被称为"红夷""番鬼""洋鬼子"等，官方、文人、老百姓在称呼时也不完全一样，挺有意思的。

不过，不管怎么称呼这些外国人，其思维方式都嵌入了中华民族的传统痕迹，即"一点四方—华夷之辨"。大家都知道，在中华文明的传统结构中，这种观念一直是一个历史性的存在。

"一点四方"是政治地理学的产物，我们为什么称自己的国家为"中国"？原因即所谓的"一点—中心"。我们今天所说的"中"——中国、中邦、中原、中州、中央等，都是那"一点"的延伸。"四方"——东西南北则是相对"一点"来说的。这样，"地方"也就一直伴随着我们，就像在生活中人家会问"你是什么地方人"，诸如此类。将这种认知表述应用到生活中，就成了"中央—地方"。人们今天还在用，而且已经成了习惯。比如电视频道的分类就是"中央台—地方台"；中央的领导到地方视察时会说"地方的同志们辛苦了"，颇为亲切。

其实"中国人"的含义有很多，这要分不同的语境和对象而言。如果针对外国人，我们是"中国人"；可是如果放回到"一点四方—华夷之辨"的结构中，"中国"对应的是"方国"，"四海"，即东西南北，我们中的多数人（比如福建人）也成了蛮夷人。所以，华夏共祖黄帝据说有"四面"（生有四张面孔），分别管理、治理四方。而四方的人群是蛮夷狄戎，所谓"东方曰夷，南方曰蛮，西方曰戎，北方曰狄"。这些都是根据"一点四方"的方位律制和种族分类确立的。如果说黄帝形象还属神话的话，中国历史上的第一个朝代商朝（公元前1523—前1028）便已出现了"中国人／蛮夷人"的区分。

说起来有点难过，按照这样的分类，只有生在"一点"的人才是正宗的"中国人"，其他"四方"的则属于"方国人"，都是蛮夷狄戎。这四种方位的人在古代都不属于完整的"人"，只属于需要或可以教化的对象。从文字上看，蛮从虫；夷从羊；狄从犬,戎从甲,统称"蛮夷",那是很低等的。

从人类的认知角度看,"以我为中心"是通则,也是通例。费孝通把这种认知关系称为"差序格局":就好像把一块大石头丢进水里,水面上出现一圈一圈推出去的波纹,每个人都是那圈子的中心,围绕着这个中心就建构成了自己的社会关系。人如此,族如此,国也如此。

有意思的是,这种格局不变,情况却在变化——变化的情况可以通过称谓的变化生动地表现出来。虽然我们明白这个认知道理,却还是希望对周围的群体生命平等一些,但在历史中,却从来"不平等"。

我们发现,对外国人的称谓变化更有意思。近代以降,无论是通过外交、传教、商贸、文化等方式,或是殖民扩张,一批批的外国人,尤其是欧洲人来到了中国。中国人很自然会在那些"怪异形象"上附加以中华民族传统的结构性表述。也就是说,对待那些"外来者",特别是以前不认识、不熟悉的人群,人们会根据传统"一点四方—华夷之辨"的习惯套用之,其中"番"就是一个典型的称谓。

"番"也可划入"夷类",属于动物范畴。《说文解字》解释为在田地上留下了动物的掌印,金文作

历史上有时称作"外番",番(蕃)常与"夷"连用,指未开化的野蛮人,都属于非我族类。依照古训,在未开化的"番"中又有接受驯化、教化的"熟番"和未受驯化、教化的"生番"之分。

西方人来到中国,由于体质形象的怪异,特别是他们的头发与我们的不一样,而早先来的一拨荷兰人,他们的头发偏红,所以,中国人将他们统归于"红毛番",以便与其他"番"类相区别。又因为"其性凶残",民间更附之"番鬼"。时至今日,闽南地区仍把"洋人"称为"红毛"或"番仔"。不过,"红毛番""番鬼"等形象用语更多流于民间。

值得一说的是,官方与民间在对外国人的称谓上虽有相似趋同的一面,但也存在着先后参差的一面。官方在称谓上的变化幅度比较大,遵循着中华民族的大传统。"大传统—小传统"(great tradition-little tradition)原是人类学的专用概念,指城市传统与乡村传统,前者为大,后者为小,这是西方的模式。我移植到这里,"大传统"指官方,"小传统"指民间。

相比较而言,民间在称谓上相对更稳定。这属于小传统。特别是闽粤两省,他们不仅较早接触到"番鬼",随着国势的变化,特别是西方殖民主义向东南亚国家扩张的需要,他们也出现"下南洋"或曰"过番",形成了独特"南洋华人文化"。在称谓上,汉字"洋"颇值得玩味。"洋"首先指海洋,或由海洋交通而进行的交流和交易,后来逐渐在人文表述上出现了更为细致的划分,赋予西洋、东洋、南洋"人"的语义变化幅度。它们之间的区别也很奇特，比如"东洋—倭寇"特指日本人，二者可以互指，语义却不同，但"洋鬼子"则主要指西洋人。

无论是小传统还是大传统在称谓上都有所遵循，并随着历史变迁而发生变化，我称之为"形象生长术"，并由此延伸出"形象称谓术"。二者是相互的，但各有侧重：如果说"形象生长术"的演变是按照"我"的生长逻辑延伸，那么，"形象称谓术"则是沿着"他"的表述逻辑延伸。

大家知道，西方人来中国的根本目的是贸易和殖民，然而，初来乍到，他们面对着的是一个比自己国家更强大的政治体。马可·波罗（Marco Polo）、利玛窦（Matteo Ricci）等西方先驱远道来中国，向他们的欧洲祖先传送了不少中华文明的信息。早在欧洲的启蒙时期，一批启蒙思想家们就对中国充满颂誉之辞，引领不小的追崇时尚，使得18世纪、19世纪初的西方社会刮起了对中国文明的崇信之风，甚至路易十四的家庭教师为之诵经时都用"Sancle Confuci ora pro nobis"（圣人孔子，请为我们祈祷）的句子。中华形象在西方曾经很是光鲜亮丽。欧洲也曾经流行过很长时间的"中国风"。

但是，随着历史的变迁，到了明代末期以后，特别是清朝，中国封建王朝加剧了封闭性，惧怕与外界交流，但又自视高贵，称谓上大有贱称"外国人"的倾向，比如把他们说成"红夷""番鬼""洋鬼子"等。

明朝是中国人开始对西方形象有较为普遍认识的时期。有两个历史原因：一是随着陆上丝绸之路的堵塞，海上丝绸之路成为东西方商贸和文化交流的新渠道,广东、福建等沿海城市成了重要口岸和商埠。中国的海上交通蓬勃发展,郑和率船队出洋促进了中国与世界,尤其是东南亚国家的物产和文化交流。二是欧洲殖民者,先是荷兰、葡萄牙,接着是西班牙、英国、法国等纷纷来到中国。因为中国封建王朝的封闭性,决定了统治者对文化交流所带来的社会文化变迁产生恐惧感,一有风吹草动,伴随而来的就是长时间的"海禁政策"。

可是,毕竟西方人来了,来过了。正常来的方式被禁止,他们就换其他的方式,后来干脆用大炮轰开你的大门。这样,在客观上,中国人也有了更多的机会去认识他们。

明朝以前,中国老百姓对西方人并未形成鲜明的概念。最初对"红毛番"的称呼与"荷兰"联系在一起,明人张燮记载:"红毛番自称荷兰国,与佛郎机邻壤,自古不通中华。其人深目长鼻,毛发皆赤,故呼红毛番云。"后来清代也称英国人为"红毛番"。再往后,西方人接踵而来,形象相仿,老百姓也分不清国别,一律称呼"红毛番"。间或也有称"红夷""番鬼""洋鬼"的。

对于这些称谓,西方人总体上当然是不乐意的,但有的时候,他们会把这称谓"喜乐化"。记得20世纪90年代,我到欧洲参加一次国际会议,会后随访荷兰莱顿大学的中国研究中心,他们的汉学研究在世界上享有盛名。我将我的著作赠送给了中心图书馆,并与部分学者进行了交流。令我难以忘怀的是,我在参观时看到一个教授的办公室门上贴着"红毛人"的自画像。那画像很喜乐的样子，真是逗。这件事说明，人家荷兰人可以把咱中国对他们的"妖魔化"形象处理成"喜剧化"角色。

荷兰教授把中国人对他们的称呼画成画贴在莱顿大学自己的办公室门上（作者摄）

综合观察，我国近代对外国人的称谓有一些明显的历史变化线索，大致围绕五个因素：（1）沿袭中华传统"一点四方"的思维习惯，"红毛番"正是符合这样的表述惯习。（2）符合历史发展的步幅，在特别明显体现出"外强我弱"的情况下，"夷番"变成了"洋人"，可以瞥见因国势对比在称谓上的变化"痕迹"。（3）大体上说，老百姓还是沿用旧称，他们不像"官方"那样。（4）对近代中西方势力的比较，特别是近代以降，国势衰颓，沿海民众也陷入了生活的窘迫，他们加快了"出洋"的步伐，而在这一过程中，他们称"出洋"为"过番"，偶尔也自称为"番"了。（5）文化的交融过程中，也会出现各种各样的"图像化"演变景观。

福建泉州海外交通博物馆中的"番丞相"墓碑（作者摄）

还有一点值得一说。在"官方—民间"之间夹着一个特殊的阶层：文人（士阶层）。他们在称

"红毛番"的历史掌故　283

谓表述上也介于官方与民间之间，在对西方人形象的认识和描述上独具特色，却充满了矛盾性。这与知识分子的矛盾性相一致，而他们的忧患意识中也表现出两重性：一是认识到清代封建王朝的衰败和"西学东渐"的必然性；二是封建传统濡染和内化出的狭隘民族主义情绪。这些因素决定了中国文人在看待西方形象上的矛盾性和不稳定性，形成了特殊的"文人文本"。

今天，在中华民族伟大崛起的过程中，中国人民与外国民众的交流频率更高，密度更大。中国的发展使得中国人民产生了自豪感，我们对外国人称呼的表述上也会发生变化，即使是同一个称谓，意义也会有所不同。所以，只要观察一下今天对"老外"称谓的含义变化，就会知道国家发展的大致情况。

我们国内的情况也一样，古代的"南蛮"属地粤闽江浙沪，在今天已由"南蛮"悄悄成了"南强"。

结论有点隐晦：中华民族的伟大崛起，有时可以从称谓变化的细微处透露出来。

后 记

缘

到写后记的时候了。我要记述这三本书在上海社会科学院出版社出版的两段因缘：

第一段因缘：

2020年6月，上海社会科学院社会学研究所为庆祝建所四十周年，推出了"导师来讲"系列讲座。我的学生朱志燕博士毕业后到了上海社会科学院社会学所工作，作为她的导师，我应邀参加了这一次有意义的活动，并做了"人类学仪式研究"的专题讲座。

6月19日，我如约而至，在"茶歇时间"，我与前来听我讲座的一位年轻姑娘有了简短的交流。姑娘名叫王睿，在上海社会科学院出版社工作。王睿告诉我，她毕业于复旦大学，我听了就感慨。心想如果我当年调到复旦工作，眼前这位姑娘也就要像站在她旁边的朱志燕一样要叫我"师父"了。不过，"迟到的见面"不失为"缘分的补偿"。也挺好，我想。

而当王睿问起我有没有"大作"能在上海社会科学院出版社出版的时候，我就想，那我们就合作一本书吧。虽然，我知道姑娘还只是一位年轻的编辑；虽然，我知道上海社会科学院出版社是一家规模不大的出版社。而我近些年与中国社会科学出版社和北京大学出版社的合作还在继续，两套丛书也都在进行。很忙。但我想，如果我们合作，就把这原本可能的"师生关系"变成实际的"合作关系"，这不也很好吗？

于是我当场就应诺了。

一年后，我们的合作"作品"《师说人类学》出版。

我还要强调的是，与上海社会科学院出版社合作是我此生最愉快的合作之一，其审读意见也是我读到最细致中肯的。我录一份"一审意见"于此：

《师说人类学》一审意见

《师说人类学》是厦门大学人类学系前系主任彭兆荣教授在疫情期间写作的一本随笔集。彭兆荣教授的性情和人品在人类学界有口皆碑，他早年留法，后又师从UC Berkeley人类学系格雷本教授，是中国人类学界自费孝通、林耀华等老一辈学人以降，最重要的学者之一。与以往的学术著作不同，彭教授的这本文集，可以说是一本另类的"中国人类学八卦史"。从他浪漫又不拘一格的文笔中，我们得以管窥近一个世纪以来中国人类学的发展，也能够读到不大的人类学圈，师承友朋更为真实有温度的学界往事。2020年新冠疫情肆虐全球，许多人的生活方式和交流方式都发生了巨大的转变，彭教授退休多年，捡拾过往记忆，以《师说》为由头，怀念古今中外的人类学大师，自己的恩师，以及多年来结交的友朋师长，可以说既是追怀，又是勉励。细细品读，这本书虽然还有许多可以完善和改进的地方，但却不失为行云流水般的《兰亭集序》，也许再修改，又失了本真，丢了真味。正如彭教授在《后记》中所说，"我希望以真诚写出真人真事"。

彭教授是一个不使用微信、微博等即时沟通工具的人，他的手机甚至也是在新冠疫情期间才被迫换成了智能手机。这种主动脱轨资讯世界却又没有脱离日常的生活方式，也让人在阅读这本书时，时常产生不一样的阅读体验。因为作者讲述的都是经年积累的师朋友谊，他的"他者世界"又不可避免地要求他展现更多的理解之同情。讲述历史时自不必多虑，是学者的拿手活儿；但讲述朋辈或晚辈故事，讲述一个开创性的学科发展，臧否学界和学术体制的激扬文字，就难免让人替彭教授捏把汗：这种学术会议茶歇时的调侃可以放在书中吗？这样讲会不会得罪人？会不会太隐私了？也许这也正是这本书让人一直忍不住读下去的原因吧——真诚，真诚到让人不忍割舍。

全书目前并没有目录，这也是一审在编辑过程中认为最需要再与作者认真讨论的部分。全书整体上以五部分构成，加上《写在前面的话》《写在后面的话》《后记》，大体构成了一本不错的散文随笔的架构。但也许是因为写作中感情过于充沛，目前五部分的分节，有一些内容过于冗长，有一些小标题的写作完成后可能还缺一个更加总括的大标题。彭老师的文字也相当有自己的特色，比如行文像口语表达，却不失知识和用词的精准；段落划分却有着散文的布局，似乎言有尽而意无穷。为了保留作者自身的写作特色，一审在编辑过程中，都暂时保留了本书的原味，希望接下来在与作者的沟通中，或许还有更加精细化的处理。而写作这本书，在一般读者看来，或许正是对抗今天人们日益便捷而廉价的沟通；而在人类学这个在中国有些边缘化的学科从业人员看来，却可能是一部流传后世的经典之作——这也是作者本人的学科贡献和历史地位能够带来的。

除了篇章本身的布局在接下来与作者的沟通中或许还需提炼，本书还有大量田野调查的照片和老照片，一些图说部分也需要作者再做补充。百度词条和以往作品的引用，也需要排版做区分。相信本书的最终呈现，会是丰富而多彩的。

一审在目前的编辑审读过程中，主要对以上问题提出了疑问，另外错字、别字、标点等常规问题也做了相应处理，还望二三审老师能酌情予以指正，以期作为出版社的整体意见，反馈于作者。

可以这么说，这也是我著书立说数十载所遇到的最真诚、令我感慨的审读意见。衷心感谢拙著的审读专家，感谢出版社领导。

《师说人类学》按计划于2021年出版。据我所知，反响不错。于是我与王睿也就有了继续合作的计划。

此书的后记，已经是我准备与上海社会科学院出版社合作第三本书时所写。我们的目前计划是《师说人类学》《生命中的田野》和《小事大理》。我也尝试着以相同的风格来写不同的事理。如果市场成绩不错，读者喜欢，后续再议。

第二段因缘：

学者出书，要走市场，就需遵守市场规则。作者著作出版后能否"叫卖"这说不好，也不好说。而出版社是无力为所有的作者垫资的，要由作者自己解决，这是一般情况。特别是经历了出版社企业化、图书市场化改制以来，作者要出书，大抵是要掏钱的。除非少数名气冲天的作者，市场销路好，可以化解作者与出版社的经费矛盾，达到共赢，而一般与学术有关的著述大多要遵循自费规则。虽然一些科研单位、大学、国家资助计划等可以为一部分学者提供资助，但大多数学者还是要自己设法解决经费。

前些年我曾经听说过这样的故事：有学者因职称评定需要著作，又争取不到其他资助方式，万般无奈，只好卖掉家里的电视机什么的去充填出版经费，出了书还要自销，把自己的著作堆在床下，挺凄凉的。其实，此类故事还真不少，尤其是那些年。

我是有幸的。迄今为止，我出版了三十一种著作，主编的还不算。除去《师说人类学》以外，我以往所出的书，自己没有花过一分钱，却绝大多数有稿费收入。我有一个固执的想法：辛辛苦苦写了书，辛苦费就不说了，还要倒贴钱，那脑子不是坏了吗？所以，几十年来我是从来不做倒贴钱的事情，与我合作的出版社也都合作愉快。我有好几本著作再版，有的挺抢手，有的"转引率"名列前茅。

不过，这一次例外。我在上海社会科学院出版社是提供了出版经费的——不是项目资助，不是单位出资，这是我平生第一次。我是自愿的，也是情愿的。何故？因缘。

我有一位小兄弟，名叫张卓先。我们的交情和友谊没得说，只一个字——铁！

卓先与我弟弟曾经是中学同学，与我却曾经是同事。20世纪80年代初，我们都曾经在福建省三明市卫生学校当老师。那是一所中等专科学校。由于专业是护士、助产士等，所以全校都是女生，我和卓先等少数几位男的年轻老师有点像"大熊猫"。

老师与学生隔着代，除了课堂授课，其余也都隔着。我们几位年轻的男老师就自己玩。那个时候我的年龄大些，几位小伙子总是跟着我。我当时有点小帮主的"范儿"，可能是当知青时做过生产队队长的缘故。重要的是，他们很认我。我不仅跟他们说事故，讲故事；还说哲理，讲道理。我对他们影响很大，尤其对卓先。

后来我去读研究生，卓先也到厦门"下海经商"，各自的事业都发展得不错。20世纪90年代初我从内地调到厦门，我们又经常聚在一起。特别是我后来在厦门大学招了很多西部和少数民族地区的博士研究生，算下来有七十多位，其中多数都是穷家的弟子，那个时候，我们几乎隔一两周就要让卓先——我的弟子们叫他"师叔"——豪请海鲜大餐。所以，弟子们也都记得他，感谢他。

更让我感动的是，卓先还主动提出要提供一些经费给那些穷弟子，让他们做田野作业有一些经费资助。卓先资助了十万元。那个年代，这个数字挺大。此事我如实地写进了《师说人类学》"厦大岁月"的章节之中。

2022年春节，卓先照例到家里来拜年"送礼"。这次他除了带礼物外，还带着他从美国回来的儿子。他的儿子我也是一路看着长大的。过年，喝茶，我们再一次共同回顾、回忆一幕幕温馨的历史时光。

卓先每一次来都送礼，我也都回礼。这是中国的礼数：礼尚往来。不过，我这一次除了"礼物"外，还加了一份特殊的"礼品"：我的新著《师说人类学》。我签了名，还把其中涉及到他的历史事迹翻出来给他们父子看，其中写道："我还让我的一位做企业的小兄弟资助了十万元"。

回顾历史，我们感慨唏嘘。从当年的意气风发青春年华一路走来，交情超过了四十年。我突然意识到，我不能只是把他帮助我的弟子们的事迹轻描淡写地一笔带过，要留下咱兄弟的情谊——不是为了人家，而是为了自己。

我是学者，他是商人。于是我有了一个想法：我出"知"，

后记　291

他出"资",把我们的友谊以合作出版的方式留下来。这也是我有史以来第一次以这种方式"留名于史"的故事。

当然,我这样做无意中也为王睿减轻了一些压力。

这多好。

人生在世,会遇到各种各样的缘分。那些美好的缘分很像人类学仪式理论中的"通过礼仪"。人的生命就在一段段的缘分中通过、度过,也因此留下了一段段美好的记忆。

我因缘,我识缘,我惜缘!

鸣谢:感谢书中我所遇到的、写到的和帮助过我的所有朋友、弟子。感谢为我提供照片的亲人、朋友和弟子们。由于时间过去久远,有些照片已记不清楚是谁提供的了。一些相关的资料照片取自百度。在此一并致谢。

特别感谢四川美术学院院长、我国著名画家庞茂琨教授。我与庞院长属于真正意义上的"君子之交"。没有任何关系,不在一个领域,平时也不太交流,仅仅是一两个不期而遇的邂逅,心灵就通了。于是就有这样美好的故事。故事很简洁:我的《师说人类学》出版后,我送了一本给他,同时厚着脸皮请他为我的下一本书画个素描。我的面子大,庞院长竟然答应了。于是我让弟子张颖找了几张照片发给他,他也就在百忙中给我画了我的头像——这就有了我的《生命中的田野》的封面的故事。

一切都显得自然,没有任何刻意。

我与庞茂琨教授（张颖摄）

自然真好！

彭兆荣
2022 年 5 月 1 日初稿
2022 年 12 月 1 日修改
2023 年 1 月 27 日终稿

图书在版编目（CIP）数据

小事大理 / 彭兆荣著. — 上海：上海社会科学院出版社，2024
ISBN 978-7-5520-4379-2

Ⅰ.①小… Ⅱ.①彭… Ⅲ.①散文集—中国—当代 Ⅳ.①I267

中国国家版本馆CIP数据核字（2024）第086265号

小事大理

著　　者：彭兆荣
责任编辑：王　睿
封面设计：郑丽虹　赵梅男
出版发行：上海社会科学院出版社
　　　　　上海顺昌路622号　邮编200025
　　　　　电话总机 021-63315947　销售热线 021-53063735
　　　　　https://cbs.sass.org.cn　E-mail:sassp@sassp.cn
照　　排：南京展望文化发展有限公司
印　　刷：上海龙腾印务有限公司
开　　本：890毫米×1240毫米　1/32
印　　张：9.625
字　　数：204千
版　　次：2024年6月第1版　2024年6月第1次印刷

ISBN 978-7-5520-4379-2/I·526　　　定价：68.00元

版权所有　翻印必究